FISCHER

**Marco Santos Silva** ist YouTuber und veröffentlicht auf seinem Kanal »TutopolisTV« seit 2013 Videos. Er ist leidenschaftlicher Gamer und ein richtiger Technik-Freak: Er kennt sich mit den besten Tipps und Tricks rund um Smartphone-Reparaturen und Longboard-Videos aus. Aber am allerliebsten spielt er Fortnite und streamt dabei live auf seinem Twitch-Channel.

**Kerstin Carlstedt** hat als Journalistin, TV-Autorin, Online-Redakteurin und Video-Journalistin gearbeitet. Sie realisierte Beiträge fürs Kinderradio beim Hessischen Rundfunk und schrieb Drehbücher für Kurzfilme. Seit 2016 lebt sie mit ihrem Mann und zwei Fortnite-spielenden Söhnen in Liverpool.

Weitere Informationen finden sich auf
www.fischerverlage.de

**TuTo**
mit Kerstin Carlstedt

# DIE TROLLE VON SHABBY SANDS

Mit Illustrationen von Timo Grubing

FISCHER

Aus Verantwortung für die Umwelt hat sich der Fischer Kinder- und Jugendbuch Verlag zu einer nachhaltigen Buchproduktion verpflichtet. Der bewusste Umgang mit unseren Ressourcen, der Schutz unseres Klimas und der Natur gehören zu unseren obersten Unternehmenszielen.

Gemeinsam mit unseren Partnern und Lieferanten setzen wir uns für eine klimaneutrale Buchproduktion ein, die den Erwerb von Klimazertifikaten zur Kompensation des $CO_2$-Ausstoßes einschließt.

Weitere Informationen finden Sie unter: www.klimaneutralerverlag.de

MIX
Papier aus verantwortungsvollen Quellen
FSC® C083411

Originalausgabe

Erschienen bei FISCHER New Media
Frankfurt am Main, Mai 2020


Cover- und Innenillustrationen: Timo Grubing
Umschlaggestaltung von Norbert Blommel, MT-Vreden, unter Verwendung einer Illustration von Timo Grubing und einem Foto von © Daniela Santos Silva
Lektorat: Heide Franck
Satz: Dörlemann Satz, Lemförde
Druck und Bindung: CPI books GmbH, Leck
Printed in Germany
ISBN 978-3-7335-0635-3

# 1. Kapitel

Neo Tilted! Die Stadt der Zukunft und Nachfolger der legendären Tilted Towers – dort zieht es uns immer wieder hin. Neo Tilted ist der größte und gefährlichste Ort auf der Fortnite-Insel, mit mehrstöckigen Gebäuden, Restaurants und Läden. Der Ort befindet sich westlich von der Kartenmitte – zwischen Loot Lake und Shifty Shafts. Hier ist immer viel los. Die Wahrscheinlichkeit, dass uns etwas zustößt, ist in Neo Tilted besonders hoch, aber die Chance, ganz, ganz viele Kills zu bekommen, ist auch am größten. Wo liegt der Rekord momentan? Ein Team hatte mal sechzig Kills in einer Runde. Sechzig!

Bang! Jetzt hätte es mich fast erwischt. Ich muss aufhören, laut nachzudenken. Nur noch so viel. Stellt euch folgendes Setting vor: Wir sind zu viert. Drei von uns verstecken sich in einem Wohnhaus, einer richtigen Wohnung in Neo Tilted. Die eigentlichen Mieter sind weg, denn wir Krieger haben die Stadt eingenommen. Ein bizarres Gefühl. Du bist mit deinen Kollegen in einem fremden Wohnzimmer mit bodentiefen Fenstern, wo einmal richtige Leute gewohnt haben. Alles ist so real. Einige Fensterscheiben sind schon zerschossen. Auch das Geschirr mit den Essensresten auf dem Wohnzimmertisch liegt in tausend Scherben. Es scheint, als seien die Mieter beim Frühstück vom Sturm überrascht worden und hätten alles stehen und liegen lassen. Unten lauert der Feind. Die Munition rauscht haarscharf an meinem Kopf vorbei. Ich muss zum Fenster hinausballern. Sonst kommen sie zu uns hoch, unsere Gegenspieler, und vernichten uns. Das muss ich verhindern.

Irgendwann werdet ihr auch diese ganzen Kriegsfilme sehen, oder Antikriegsfilme, so genau weiß man das nicht: »Apocalypse Now«, »Dunkirk«, »Der Soldat James Ryan«. Das sind meine absoluten Lieblingsfilme. Die könnte ich mir immer wieder anschauen.

Aber Fortnite spielen ist noch viel cooler, denn wir sind Hauptdarsteller und Regisseure zugleich, und zwar in unserem eigenen Film. Wir können Einfluss auf die Handlung nehmen, statt passiv alles hinzunehmen, was andere uns vorsetzen.

»Hey, pass doch auf, du Noob, da kommt einer von hinten!«, kreischt Eidostelos. Er ist immer etwas beleidigend und laut. Das ist seine Art. Das meint er nicht böse. Er ist einfach nur sehr aufgeregt.

Wo war ich stehengeblieben? Ich wollte euch erzählen, wo wir uns befinden und wer noch alles dabei ist. Also, folgende Location: fremde Wohnung, stylisch eingerichtet. Wir – bewaffnet ohne Ende. Eidostelos, Heidi und ich. Ginger kommt auch gleich, wenn er sich nicht schon wieder irgendwo da draußen in Neo Tilted verirrt hat.

»Eidostelos! Heidi! Ihr sichert die Frontseite zur Straße hin!« Einer muss das Kommando übernehmen. Das bin oft ich, denn ich bin der Älteste und habe daher eine natürliche Autorität. Das sagen zumindest die anderen.

»Alles klar, Tuto«, ruft Heidi.

Aus der Entfernung hören wir eine Explosion. Das ganze

Haus wackelt. Ich spüre, wie eine Kugel meinen Kopf um wenige Millimeter verfehlt und eine Fensterscheibe zerschmettert. Ich trage den Helm des Schwarzen Ritters, aber im Zweifel hilft mir das nicht viel. In der Hand halte ich mein Sniper-Gewehr. Snipen ist meine Spezialität. An meinen Sniper-Techniken habe ich schon früher ausgiebig gefeilt, als ich noch andere Ballerspiele wie Call of Duty gespielt habe.

»25 auf 24. Ende!«, wir hören irgendwelche unverständlichen Befehle über Funk.

»Merkwürdig«, ruft Heidi. »Ginger ist nicht da. Wo der sich wieder rumtreibt?«

Stimmt, Ginger muss immer noch irgendwo da draußen herumlaufen. »Ginger? Hörst du mich?«, spreche ich in mein Mikrofon. Keine Antwort. Kann es sein, dass er bei einer so wichtigen Szene das Spiel verlassen hat? Ist er wohl einfach von seinem Gamer-Stuhl aufgestanden und zur Toilette gegangen? Oder hat sich ein Brot geschmiert? Ohne Bescheid zu sagen? Irgendwo in der Ferne bellt ein Hund. »Hey, da drüben liegt noch jemand!«, rufe ich. Ist es Ginger?

Kapusch! Eine Riesenexplosion reißt ein Loch in die verglaste Hauswand. Ich fühle die Druckwelle am ganzen Körper. Ein kühles Lüftchen weht mir entgegen. Jetzt muss alles sehr schnell gehen. Ich werfe mich auf die Seite, ducke mich weg. Mein Herz rast. Ich atme schwer. Es hagelt weitere Schüsse. Eidostelos ist getroffen. Auch das noch! Wir ziehen ihn von dem Loch in der Hauswand weg. Ich bin mir nicht mehr sicher, aus welcher Richtung die Schüsse kommen, ziehe den Kopf ein. Ich schieße mit meiner Sniper-Gun dahin, wo ich den Feind vermute. Noch mehr Maschi-

nengewehr-Einschläge. Sie treffen die Schrankwand über uns. Eine Vitrine splittert. Gläser zerspringen, und ein Regen aus winzigen Scherben rieselt auf mich herab. Eidostelos krümmt sich vor Schmerzen.

»Eidostelos, du musst durchhalten! Ich kümmere mich gleich um dich«, versuche ich ihn zu trösten.

Noch mehr Schüsse prasseln ins Wohnzimmer. Die Lampe an der Decke muss dran glauben, zerbirst in tausend Stücke. »Schau mal durchs Badezimmerfenster. Vielleicht erwischst du sie von dort besser!«, rufe ich Heidi zu. »Ginger, wo bist du?«, schreie ich in mein Mikrofon. »Wir haben uns in einer Wohnung in Neo Tilted verschanzt. Eidostelos ist getroffen. Wir warten auf Verstärkung!«

»Okay, Tuto, bleib in Deckung«, höre ich Gingers Stimme. Erleichterung. Er ist wieder da. Ich stoße das einzige noch heile Fenster auf. Unten sehe ich mehrere dunkle Gestalten, die sich unserem Versteck nähern.

Eidostelos schreit: »Hey, ihr müsst mich verbinden!«

»Alles gut, ich bin gleich bei dir«, beschwichtige ich ihn. Vieles muss auf einmal passieren. Ich verbinde Eidostelos. Heidi feuert zum Badezimmerfenster hinaus. »Hab dich! Hab dich! Hab dich! So, das war mein sechster Kill.«

Eine Schrift erscheint auf der Fortnite-Karte: Noch zwei Minuten. Dann zieht sich der Sturm um uns zusammen. »Pass auf, Heidi, der Sturm kommt. Wir müssen jetzt schnell sein.«

»Huhu, Meldung!« Ginger steht bei uns im Wohnzimmer. Wie durch Zauberhand hereingebeamt. »Was ist denn bei euch los?«

»Schusswunde am Oberarm. Eidostelos ist stabil.«

Es hagelt weitere Kugeln von außen. Ginger duckt sich

weg. Wir sind in dieser Wohnung gefangen. Ich riskiere einen Blick durch das Riesenloch in der Wohnzimmerwand und sehe, wie drei bewaffnete Typen direkt auf unser Haus zu rennen.

»Runterducken«, schreit Ginger. Er hat seine Maschinenpistole in Anschlag gebracht. Es rattert. Alle drei Figuren auf der Straße fallen um, kriechen über den heißen Asphalt, lösen sich in Luft auf. So ist das bei Fortnite, wenn es einen erwischt. Kein Blut. Keine Leichen. Fast schon kinderfreundlich.

Wir fühlen uns wie das Vögelchen, das die Mieter in der Wohnung zurückgelassen haben. Das ist genauso wie wir im Käfig gefangen und wartet darauf, von der nächsten Bombe zerfetzt zu werden. Eine leichte Brise bewegt die Gardine. Wieder fliegen uns Kugeln um die Ohren. Ich schaue aus dem Fenster und sehe eine Ghoul Trooperin, also eine Zombie-Frau, die sich eine Treppe gebaut hat und aufs Dach des Hauses auf der anderen Straßenseite geklettert ist. Sie zielt auf uns. Jetzt werde ich richtig sauer.

»Die hol ich mir!«, brülle ich etwas lauter als unbedingt nötig.

»Ich habe nur noch fünfzig Prozent Munition«, schreit Ginger.

»Nur fünfzig Prozent? Mist!«, ruft Eidostelos zurück, der sich inzwischen wieder aufgerappelt hat. Der Verband hat ihm schon geholfen.

Es kracht erneut. Die Einschläge kommen noch näher. »Alle in Deckung!«, kreische ich. Jetzt werden sie uns abknallen. Wir sitzen in der Falle. Hier kommen wir nicht mehr raus. Die Teekanne auf der Anrichte wird von Munition durchsiebt und zerspringt.

Eidostelos setzt einen gezielten Schuss ab. Eine Sirene heult in der Entfernung. Ich sitze am Boden und atme schwer. Ginger sinkt zu Boden.

Ich höre Heidis Stimme übers Funkgerät: »Tuto, ich brauche deine Hilfe!«

»Ich kann nicht«, keuche ich. Doch dann rappele ich mich mit letzter Kraft hoch, bringe meine Shotgun in Stellung und – PENG – erwische den Werwolf, der die Fassade zu uns hochklettern will. Eidostelos feuert auf das gegenüberliegende Haus. Eine unmerkliche Bewegung auf dem Balkon. Rata-rata-rata. Jemand ist zusammengebrochen. Zwei Hippies, ein Far Out Man und eine Dreamflower-

Frau, rennen auf unser Haus zu und beschießen uns dabei wie wild. Ich ballere wütend zurück.

Heidi ist aus dem Badezimmer zurückgekommen. »Tuto! Die sind hier drin!« Sie klingt sehr aufgeregt.

Jetzt geht es um alles. Ich robbe durchs Wohnzimmer und durch den Flur. Über mir höre ich Schüsse, fühle, wie Granaten ins Dach über uns einschlagen. Putz rieselt auf mich herab. Mit meiner Shotgun im Anschlag erreiche ich das Treppenhaus. Zwei Typen im Rough-Agent-Skin eilen die Treppe hoch. Vier fette Schüsse aus meiner Lieblingswaffe. Beide Angreifer gehen zu Boden, lösen sich auf.

Dann ist Ruhe. Es ist vollbracht. Der Epische Sieg gehört uns. Wieder einmal. Alle vier sind wir am Leben geblieben. Erleichtertes Aufatmen. »Und jetzt?«, frage ich.

Heidi grölt: »Jetzt tanzen wir!«

Mein Schwarzer Ritter tanzt den Floss. Eidostelos macht den Kasatschok, geht in die Hocke und wirft die Beine nach oben, verliert dabei fast das Gleichgewicht. Heidi tanzt am liebsten den Fresh. Den haben sich die Spieleentwickler angeblich aus der Serie »Der Prinz von Bel Air« abgeschaut. Sie hampelt dabei wie eine aus der Kontrolle geratene Aufziehpuppe. Ginger mag es cool und macht einen auf Rapper. Swipe it ist sein Lieblingsemote. Er wiegt den Oberkörper langsam hin und her und lässt die Arme umeinanderkreisen.

Seit ich Fornite für mich entdeckt habe, habe ich mein Hobby zum Beruf gemacht – nämlich das Videospielen. Auch das Thema meines YouTube-Kanals TutopolisTV habe ich entsprechend neu ausgerichtet. Noch nie hat mich ein Spiel so sehr beherrscht, mich bis in meine Träume verfolgt. So geht es Millionen von Spielern auf der ganzen Welt.

Videospiele sind auch nur Spiele. Natürlich mit anderen Mitteln. Viele Erwachsene finden Ego-Shooter-Games gewaltverherrlichend und gewaltfördernd. In den besseren Spielen geht es gar nicht ums Töten, sondern um Taktik und, ja, ich gebe es zu, auch ums Spaßhaben. Eigentlich sind die Erfinder dieser Spiele Künstler, und das Spielen selbst ist ein Sport.

Vor 2000 Jahren haben die Leute vor der Erfindung der Schrift gewarnt. Ja, kaum vorstellbar, aber die Menschen dachten, das Schreiben wäre schädlich, denn nun müsste man sich nichts mehr merken und das Gehirn würde einrosten. Auch Gutenbergs Buchdruck haben sie erst mal verteufelt. Heute ist der Mann ein großer Held. Noch mehr »Gefahren« lauern auf uns, seit es Film und Fernsehen gibt. Die Skepsis gegenüber Computerspielen ist groß. Das ist ein Reflex. Kommt etwas Neues – zack, ist der Mensch erst mal kritisch.

Aber eigentlich will ich gar nicht über Zukunft, technische Errungenschaften und eure Eltern reden. Ich will euch einfach nur erzählen, wer ich bin, was ich so mache, mit wem ich am liebsten Fortnite spiele … und was mir vor ein paar Tagen Seltsames passiert ist. Achtung: Cliffhänger!

# 2. Kapitel

*Es ist Freitag, früher Nachmittag, fast schon Wochenende. Tuto ist allein zu Haus. Daniela, seine Frau, ist mit den Kids und den Hunden zu ihrer Schwester nach Frankfurt am Main gefahren. Erst am Abend werden sie zurück sein. Tuto macht, was er immer macht, wenn seine Musen nicht da sind: Er schiebt Arbeit auf, die er dringend erledigen müsste – und spielt Fortnite. Natürlich. Nach vielen Stunden am Computer knurrt ihm der Magen. Er geht in die Küche und schaut, ob noch ein paar Reste vom Vortag im Kühlschrank sind.*

*Dim, dim, dim-dim-dim-dim – Tuto hört aus der Entfernung, wie sich sein Telefon meldet, das er im oberen Stockwerk zurückgelassen hat. Momentan benutzt er den Klingelton von »Mission Impossible«. Der ist so schön dynamisch. Fast niemand kennt seine Telefonnummer, und wenn es klingelt, ist es immer etwas Wichtiges. Schnell hastet er zurück in seinen Gaming-Raum und hangelt nach dem Smartphone auf dem Schreibtisch. Rechtzeitig genug. Es ist ein Videoanruf. Tuto wischt über den Screen.*

*»Hallo?«*

*Die Videoprojektion eines seriösen jungen Mannes im Anzug erscheint: »Guten Tag, hier spricht das Vorzimmer von Professor Sweet, warten Sie bitte kurz. Ich verbinde.«*

*Ein kurzes Krisseln, Bildausfall, Tuto bleibt trotzdem dran. Professor Sweet? Ob das dieser geniale Erfinder und Gründer des milliardenschweren Sweet-Imperiums ist?*

*»Hallo, mein junger Freund!« Auf dem Bildschirm erscheint das Gesicht eines Zausels mit strubbeligen, grauen Haaren und einer großen, roten Hornbrille. »Darf ich Sie so nennen? Ich habe einen schönen Auftrag für Sie, mein Lieber. Sie machen doch Videos.«*

*Tuto versucht, zu erklären, dass er sein Videoproduktionsgeschäft zurückgefahren hat, um sich ganz auf seine Fortnite-Videos konzentrieren zu können ... Aber Sweet lässt ihn nicht zu Wort kommen.*

*»Sehen Sie, ich habe eine Katzenklappe erfunden, die ist völlig genial, so wie alles, was aus meinem Hause kommt. Darauf hat die Welt gewartet. Der Clou ist: Diese Klappe ERKENNT die Katze, die zu dem jeweiligen Haushalt gehört. Durch feine Sensoren. Eine ganz tolle Sache. Es kann also nur DIESE EINE Katze rein und wieder raus. Alle anderen Tiere müssen leider draußen bleiben.« Ha, ha, ha, Professor Sweet gackert. Ein etwas übertriebenes Lachen, denkt Tuto, so lustig war das nicht. »Dafür brauche ich ein YouTube-Video, ein Tutorial sozusagen. Daher habe ich an Sie gedacht, mein Lieber. Sie können doch so was: Erklären, wie diese überlegene Technik funktioniert, all das im Bild zeigen? Für unser junges Publikum wie ... (denkt nach) ... Studenten-WGs mit Katze, junge Katzenliebhaber, zwanzig bis dreißig Jahre alt. Wir müssen unsere Zielgruppe erweitern.«*

*»Ja, aber das kommt ungelegen ...«, wendet Tuto ein.*

*»Wie schön, dass wir uns so schnell einig sind, mein junger Freund. Die Tür mit besagter, bahnbrechend innovativer Klappe ist bereits auf dem Weg zu Ihnen. Ich erwarte Ihr Ergebnis übermorgen. Schreiben Sie mir einfach eine Rechnung. Geld spielt keine Rolle. Auf bald!«, flötet Professor Sweet und ist schon wieder weg.*

*Tuto atmet tief durch. So einen Quassler hat er schon lange nicht mehr erlebt. Was für ein Kauz. Genialität und Wahnsinn liegen tatsächlich nah beieinander.*

# 3. Kapitel

*Nachdem Professor Sweet den Anruf beendet hat, blickt er triumphierend die beiden Männer an, die auf den Sesseln vor seinem Schreibtisch Platz genommen haben. »Es läuft, meine Herren, er hat angebissen. Sie können Ihre Leute losschicken. Haben Sie die Tür ausreichend getestet? Wir dürfen uns jetzt keinen Fehler erlauben.«*

*Sweet lächelt versonnen und greift nach seinem Briefbeschwerer, einem soliden Klotz, der schwer in der Hand liegt. Liebevoll streicht er über die Figur, die aus dekorativen Gründen den Briefbeschwerer ziert. Es ist eine Figur mit wilden, roten Strubbelhaaren und einer großen Nase. Ihr Gesichtsausdruck ist undefinierbar, nicht freundlich, aber auch nicht unfreundlich. Sie sieht aus wie ein kleiner Troll. Die Hände sind groß, und die Beine stecken in ausgefransten Hosen. Ihre überdimensionierten Füße sind nackt.*

*Der Troll ist das Markenzeichen der Sweet-Werke. Auch das Logo auf den Briefköpfen ist ihm nachempfunden. Alle Produkte, die das Unternehmen verlassen, tragen dieses Abzeichen. Nur mit dem Troll auf der Verpackung kann man sich sicher sein, dass man wirklich eine Wertarbeit erworben hat. Nur das Beste verdient einen Troll als Auszeichnung durch Professor Sweet.*

# 4. Kapitel

Geld spielt keine Rolle? Na gut, dann lass ich das mal auf mich zukommen. Ich drücke eine Taste auf meiner Computertastatur, und schon bin ich wieder in meinem Fortnite-Spiel. Das ist inzwischen natürlich nicht mehr die Runde mit Eidostelos, Gingerbread Man und Heidi. Wie komisch, alle drei erscheinen plötzlich offline. Das ist sehr ungewöhnlich. Ein noch nie da gewesenes Phänomen, das sich nur mit einem großflächigen und sehr ernsten Internet-Ausfall erklären lässt. Oder sich gar nicht erklären lässt, denn ich habe noch Verbindung zum Internet. Egal. Mal schauen, wer von meinen Freunden sonst noch zur Verfügung steht. Ich könnte auch mal meinen Skin wechseln …

Endlich haben wir mal etwas Zeit nur für uns, ihr und ich. Zeit für ein paar Erklärungen, die bei dem Fight in Neo Tilted deutlich zu kurz gekommen sind. Doch ihr habt sicher Verständnis. Neo Tilted ist eben der gefährlichste Ort bei Fortnite.

Ich möchte euch gern meine Lieblingslobby vorstellen, mein Traumteam. Wenn ich privat Fortnite spiele – nicht mit Spielern meiner Community, Followern auf YouTube und Twitch –, dann besteht mein Team aus Eidostelos, meinem Kollegen und besten Freund, einem Halbjapaner. Er ist schon mit einem Controller in der Hand auf die Welt gekommen, sag ich immer, also, im übertragenen Sinn. So ist das wohl, wenn man ältere Geschwister hat. Viele Bilderbücher hat er nicht gesehen – und die Teletubbies-Phase hat er auch einfach übersprungen. Mit dreieinhalb Jahren hat er zugesehen, wie sein großer Bruder Baller-Games spielt. Das finden die meisten Eltern unmöglich, wenn sie davon erfahren. Die Eltern von Eidostelos haben das gar nicht so mitgekriegt. Sie sind sehr erfolgreiche IT-Spezialisten und stellen Daten wieder her, die es eigentlich gar nicht mehr gibt, weil sie jemand aus gutem Grund vom Computer gelöscht hat. Das ist ein Job, der sich in einer rechtlichen Grauzone abspielt. Ihre Dienstleistung wird von Unternehmen auf der ganzen Welt nachgefragt. Daher sind sie auch so selten zu Hause.

Eidostelos und seine Geschwister befanden sich in der Obhut eines koreanischen Au-pair-Mädchens, Yuna, und die hatte oft andere Interessen, als darauf aufzupassen, dass Eidostelos und seine Geschwister keine Ballerspiele spielen. Yuna hat immer sehr gerne diese Schmink-Tutorials auf YouTube angeschaut. Ein Genre, das damals noch in den Kinderschuhen steckte. Was aus ihr geworden ist, wissen wir nicht. Ich glaube aber, sie ist nach Seoul zurückgegangen und hat einen eigenen YouTube-Kanal gegründet. Andere behaupten, sie hätte einen Auftritt in dem Musikvideo von Psy gehabt, diesem Sänger von dem Mega-Hit »Gangnam Style«. Könnt ihr euch daran noch erinnern? Ich halte das ja für Quatsch. Aber so sind die Leute. Sie reden viel.

Jetzt ist Eidostelos Mitte zwanzig und einer der besten Fortnite-Spieler, die ich je erlebt habe. Er soll selbst Größen wie Ninja und Tfue besiegt haben. Keine Ahnung, ob das stimmt. Ich war selbst nicht dabei. Aber ihr könnt euch vorstellen, dass er richtig, richtig gut ist.

Sein Lieblingsskin ist der Liebesranger – ausgerechnet. Das ist der Typ mit Engelsflügeln auf dem Rücken, der wie eine Statue in einem Museum aussieht. Als wäre er aus einem Marmorblock gemeißelt, mit kantigem Gesicht und lockiger Frisur, wie sie die Jünglinge im alten Rom getragen haben. Seine Augen sind zwei Löcher, aus denen weißes Licht strahlt. Ganz schön creepy. Sein nackter Oberkörper ist durch antike Ornamente verziert, und er trägt eine Schärpe über der Brust, die an ein Bettlaken erinnert. Seine Beine stecken in einer pinkfarbenen Hose. Das ist dieser Skin, der vorletztes Jahr zum Valentinstag in den Shop kam. Da hat Eidostelos, der heimliche Romantiker, gleich zugeschlagen und ihn gekauft.

Der andere Pro in meinem Traumteam ist Gingerbread Man, der Lebkuchenmann. Eigentlich heißt der Skin ganz anders: Adventsagitator. Doch wir nennen ihn Lebkuchenmann. Und wonach schmeckt Lebkuchen? Nach Ingwer – und Ingwer heißt auf Englisch »ginger«. Als Ginger bezeichnet man auch Rothaarige. Daher heißt die Rothaarige von den Spice Girls auch Ginger Spice. Mein Team-Kollege Gingerbread Man hat natürlich auch rote Haare.

Er ist mit ziemlich vielen Geschwistern aufgewachsen. Alle rothaarig. Jetzt sagt ihr bestimmt: Den kennen wir schon. Das ist Ron Weasley, der Freund von Harry Potter – und vielleicht habt ihr damit auch irgendwie recht. Denn Ginger kann auch zaubern. Immer wenn ich denke, nun haben wir ihn verloren, nun stirbt er – also bei Fortnite, natürlich –, steht er wieder auf und kämpft weiter. Oder wenn ich denke: Okay, das war's jetzt. Ich bin tot. Dann kommt plötzlich Ginger, gibt mir Verbandszeug und schenkt mir ein neues Leben. Er ist immer zur richtigen Zeit am richtigen Ort. Das hat etwas Magisches, etwas Unerklärliches.

Wir haben uns im Internet kennengelernt. Na klar, beim Fortnite-Spielen. Er hat mir mehrfach geholfen, obwohl er mich gleich hätte vernichten können. Er hat an meiner Seite gekämpft, dabei waren wir uns noch nie über den Weg gelaufen. Das fand ich sympathisch. Als er mir eine Freundschaftsanfrage schickte, habe ich nicht lange gezögert und sofort angenommen, was ich sonst nicht unbedingt mache. Wir haben uns auf Anhieb verstanden, und seine Skills sind echt der Hammer. Meist spielt er im Skin des Gingerbread Man. Dann wissen alle, dass er ein OG ist, ein »Original Gamer«. So nennt man die, die schon von Anfang an dabei sind. Leider hat Epic den Skin nach langer Zeit wieder angeboten, und plötzlich sind alle im Lebkuchen-Skin rumgelaufen. Das hat Ginger total kirre gemacht.

Der Skin sieht echt lustig aus. Besonders sein griesgrämiges Gesicht mit den runtergezogenen Mundwinkeln. Seine Augen sind zwei weiße Punkte. Die grünen Augenbrauen sind streng in der Mitte zusammengezogen. Sein Anzug ist hellbraun wie Lebkuchen. Er trägt eine grüne Schleife am Kragen und einen rot-weiß gestreiften Munitionsgürtel. Die Hände stecken in roten Handschuhen. Manchmal ist er auch Gingerbread Woman. Viele schwören auf weibliche Skins, denn die sind schmaler. Dann hat man eine bessere Sicht auf das Geschehen, weil der Körper weniger Spielfläche abdeckt. Außerdem kann man nicht so schnell abgeschossen werden. Man bietet weniger Angriffsfläche.

Die einzige Frau in meinem Squad ist Heidi. Eigentlich bin ich für Gleichberechtigung, und wenn vier miteinander spielen, fände ich es angemessen, wenn zwei davon weiblich wären. Aber ihr wisst, wie es ist. Unter fünfhundert Fortnite-Spielern ist vielleicht eine Frau oder ein Mädchen dabei. Nicht mal. Das Spiel ist bei Frauen nicht so beliebt. Vielleicht besser so, denn wenn es eine zweite Frau gäbe, die ich gern für mein Team hätte, müsste ich mich zwischen Ginger und Eidostelos entscheiden und auf einen verzichten. Das würde mir schwerfallen. Aber mehr als vier passen nicht in ein Team. Zumindest nicht bei Fortnite.

Also, eine Frau, drei Typen. Wenn ihr erfahrt, dass Heidis Familie aus Afrika stammt, denkt ihr sicher, dass ich auf dem Multikulti-Trip bin – zwei Europäer, ein Asiate, eine Afrikanerin. Es stimmt: Ich setze auf Vielfalt. Ich mag es eben, wenn ein Team aus sehr verschiedenen Menschen besteht – aus Frauen und Männern, aus alten und jungen Menschen, aus Typen von überall auf der Welt.

Zugegeben, der Mix aus älteren und jüngeren Spielern ist schwierig. Ältere kann man beim Fortnite spielen nicht so gut gebrauchen. Keine Altersdiskriminierung bitte, aber seien wir doch realistisch. Ich habe noch keinen richtig guten Fortnite-Spieler jenseits der vierzig getroffen. Sorry. Das ist einfach eine Tatsache.

Ginger erzählt immer gern von seinem Onkel. Als Ginger zehn oder elf war, wollte sein Onkel – natürlich auch ein Rothaariger – plötzlich mit ihm Videospiele spielen und war dann immer total sauer, wenn er gegen Ginger verlor. Onkel Hubert tat dann so, als sei das jetzt eine Ausnahme, dass er verloren hat. Er wollte Ginger beim nächsten Mal richtig fertigmachen. Ich kann euch eins verraten: Dazu ist es nie gekommen. Der Onkel hat ihn kein einziges Mal besiegt. Irgendwann hat er aufgegeben. Besser so.

Aber ich schweife schon wieder ab. Ich wollte euch ja Heidi vorstellen. Heidi liebt den Heidi-Skin. Na klar. Sie sieht aus, als käme sie direkt von der Alm, trägt zwei geflochtene Zöpfe, einen grünen Hut mit Gamsbart und ein grünes Dirndl mit Puffärmeln. Das Beste an Heidi: Sie ist eine wirklich gute Fortnite-Spielerin. Ihre Reflexe sind krass. Instinktiv macht sie immer das Richtige. Wo Heidi ihre Skills herhat? Das müssen ihre Erbanlagen sein.

Heidi ist die Tochter eines Fußballprofis, also eines ehemaligen Fußballprofis. Der hat jahrelang für verschiedene deutsche Clubs gekickt, zwar nur in der zweiten Bundesliga, aber immerhin. Heidis Eltern kommen ursprünglich aus Gabun. Das liegt an der westafrikanischen Küste. Ehrlich gesagt wusste ich gar nicht, wo Gabun ist, als sie mir davon erzählte. Ich musste das googeln. Anyway, Heidi hat die Fußball-Gene ihres Vaters geerbt. Da gehe ich jede Wette ein. Oder zumindest seine Reflexe. Ihre Finger bewegen sich so leicht und schnell über die Computertastatur wie die Flügel eines Kolibris. Das könnt ihr euch gar nicht vorstellen. Das müsst ihr gesehen haben.

Nun zu mir. Für die, die mich noch nicht kennen: Ich bin Marco Santos Silva, und mein YouTube-Kanal heißt TutopolisTV. In Fortnite bin ich immer gern als Schwarzer Ritter unterwegs. Das ist mein Lieblingsskin, ein Klassiker, ein eher seltener Skin. Ich mag seltene Skins. Der Schwarze Ritter ist natürlich ganz schwarz. Logisch, sonst würde er nicht so heißen. Er trägt ein Kettenhemd, und auf der Brust hat er ein paar rote Flecken. Als wäre das Blut seiner Gegner so weit gespritzt, dass er es abbekommen hat. Sein Gesicht ist von einer Maske verdeckt. Aus zwei Augenlöchern scheint rotes Licht. Ein bisschen erinnert er mich an Darth Maul, den Fiesling aus »Star Wars«. Der hatte auch diese roten Augen.

Ich bin in Portugal geboren und als Kind nach Deutschland gekommen. Das ist zwanzig Jahre her. Damals gab es natürlich auch schon Videospiele, aber ich bin ganz ohne aufgewachsen. Stattdessen habe ich immer viel Sport getrieben, war viel draußen. Das war auch eine gute Vorbereitung aufs Fortnite-Spielen. Irgendwie. Finde ich.

Technik hat mich schon immer begeistert. Früher habe ich mich bei einem Fernsehsender um das Studio und die Technik gekümmert. Später habe ich mich mit Kameratechnik und allem Drumherum selbständig gemacht. Ich habe Tutorials für YouTube produziert und Geräte getestet und repariert. Daraus ist ein Familienunternehmen geworden. Meine Frau Daniela macht für mich das Management. Meine Töchter sind auch immer wieder vor der Kamera dabei, wenn wir Kinderspielzeug testen. Die Videos mit Kindern sind DER Renner. Die bekommen oft sogar mehr Klicks als viele andere Videos, die ich mache. Alle haben Spaß, und wir können davon leben.

# 5. Kapitel

*Ding-dong – es klingelt an der Tür. Tuto ärgert sich. Schon wieder eine Unterbrechung. Das ist sicher der Postmann. Der kommt jeden Tag zur gleichen Zeit, und wenn er Geschenkpäckchen von Firmen mit technischen Geräten oder Kinderspielzeug bringt, klingelt er. Allerdings landen die meisten Sendungen inzwischen bei einer Packstation. Nur die Firmen, die ihn seit seiner Anfangszeit als Influencer kennen, haben Tutos Privatadresse. Die stand früher auf seiner Website, aber seit Handelsvertreter persönlich vor seiner Tür standen, gibt er nur noch seine Packstation-Adresse im Internet an. Viele Unternehmen wollen mit Tuto zusammenarbeiten. Fast täglich senden sie ihm ihre neuesten Produkt-Innovationen und hoffen, dass er sie in seinen Videos erwähnt. Das kann er machen, aber er ist zu nichts verpflichtet.*

*Früher war es immer wie Weihnachten, wenn ein Päckchen kam. Die Spannung war groß. Was würde es diesmal sein? Ein Kopfhörer? Ein Gaming-Stuhl? Ein elektrisches Kinderauto? Inzwischen ist die Aufregung etwas abgeklungen. Es hat sich eine professionelle Routine eingestellt. Daniela kümmert sich um die Einsendungen, sortiert aus und trifft eine Vorauswahl. Was ist tatsächlich neu oder originell und taugt für ein schönes Tutorial?*

*Aber Daniela ist leider im Moment nicht da. Tuto geht selbst zur Tür.*

*»Marco Santos Silva?« Es steht kein Postbote vor ihm, son-*

*dern zwei Männer in blauen Overalls mit einer Tür in den Händen.*

*»Ja, der bin ich«, sagt Tuto.*

*»Wir kommen von Professor Sweet. Dürfen wir reinkommen?«*

*Tuto tritt zur Seite und lässt die Männer mit der Tür vorbei.*

*»Wo dürfen wir die Tür einbauen?«*

*»Ich weiß nicht«, Tuto denkt nach, »praktische Entscheidungen trifft meine Frau.«*

*»Haben Sie einen Hintereingang?«*

*»Ja, natürlich, hier entlang, bitte.« Tuto begleitet die beiden Lieferanten in die Küche, wo eine Tür in den Garten führt. Sie machen sich sofort an die Arbeit, holen Werkzeug aus dem Koffer, einen elektrischen Schraubenzieher. Zipp, zipp, und schon haben sie die Hintertür ausgebaut.*

*»Das ist also die Tür mit der neuartigen Katzenklappe!«, stellt Tuto fest, um mit den Typen ins Gespräch zu kommen.*

*»Genau«, sagt der Blaumann und reicht ihm ein Booklet. »Das ist Ihre Gebrauchsanleitung. Sie können die Tür durch eine App auf Ihrem Smartphone steuern. So können Sie von unterwegs die Klappe festsetzen oder die ganze Tür verriegeln, falls Sie das mal vergessen haben sollten. Dann kommt niemand rein oder raus. Bester Schutz vor Einbrechern. Haben Sie eigentlich eine Katze?«*

*»Äh, nein, wir haben Hunde. Und Pferde.«*

*»Kein Problem, wir stellen Ihnen eine wuschelige Perserkatze zur Verfügung, und dann können Sie heute noch mit Ihrer Arbeit loslegen. Welche Farbe bevorzugen Sie? Unsere Hanging Dolls, so heißt die Rasse, in Wollweiß und in Braun. Na, ich schau mal, welche gerade verfügbar ist. Wir kommen*

*später noch mal wieder.« Der Mann klopft Tuto freundschaftlich auf die Schulter. »Wo soll die alte Tür hin?«, fragt er und zögert. »Ach, wissen Sie was, die nehmen wir einfach mit, und wenn Sie fertig sind, rufen Sie uns an. Die Telefonnummer steht hier oben auf dem Begleitschreiben.«*

*Schon sind die Herren mit der alten Küchentür verschwunden. Tuto ist sich nicht sicher, was er von der Aktion halten soll. Wie wird Daniela das finden? Und was, wenn die Hunde wieder da sind? Dann muss die Katze weg. Sonst flippen die Hunde aus. Aber die Mädchen wünschen sich schon lange eine Katze. Die dürfen sie auf gar keinen Fall sehen, denkt Tuto. Sonst wollen sie die bestimmt behalten. Tuto muss, muss, muss alles erledigt haben, bevor sie wieder da sind. So ein Stress! Dabei hatte er sich auf seinen ungestörten Fortnite-Nachmittag gefreut. Na ja, Zeit für eine kleine Runde ist noch.*

# 6. Kapitel

Ein neues Spiel beginnt. Der Schlachtenbus gleitet über die Fortnite-Karte. Noch ist alles ruhig. Gleich werde ich springen. Ich habe mich wieder für meinen Lieblingsskin entschieden, den Schwarzen Ritter. Den liebe ich sehr. Diese schweren Ritterrüstungen gefallen mir.

Ich überlege, wo ich diesmal abspringen soll. Jedenfalls nicht wieder über Neo Tilted. Diesen Schwebezustand liebe ich. Ich möchte noch ein bisschen hier oben verweilen. Vor dem tiefroten Abendhimmel. Unten rechts sehe ich Schriften eingeblendet: AmberTuckBoat hat sich beim Busfahrer verabschiedet, CrazyMadness hat sich beim Busfahrer verabschiedet, EpicFails hat sich beim Busfahrer verabschiedet. Meine Freunde sind immer noch offline. Ich spiele jetzt einfach ein Solo. Das macht auch mal Spaß.

Ich habe mich entschieden. Ich fliege jetzt nach Junk Junction, dem Schrottplatz an der Nordwestküste. Diesen Ort wählen die Spieler eher selten. So kommt es mir zumindest vor. Bis der Bus über Junk Junction angelangt ist, haben die meisten bereits die Geduld verloren und sind schon abgesprungen. Das kann ein Vorteil sein, denn hier kann ich mich in aller Ruhe orientieren und werde nicht gleich attackiert.

Meine Finger liegen locker auf meiner PC-Maus. Meine andere Hand ruht auf der Computertastatur. Ich tauche ab, fliege hinab, fliege der bunten Fortnite-Welt entgegen. Mal sehen, wer diesmal die meisten Kills bekommt. Bei Fortnite ist vieles möglich. Kein Spiel läuft gleich.

Als ich unten ankomme, renne ich über die Wiese. Im Hintergrund sehe ich eine Schlucht und vereinzelte Bäume. Zuallererst muss ich Waffen finden. Ich habe mich für eine rote Teufelskeule als Erntewerkzeug entschieden und schlage wild auf die Holzscheite ein, die von oben auf mich herunterrieseln. Bang! Eine Explosion. Vor mir läuft einer im Reaper-Skin, dem legendären Auftragskiller-Outfit. Auch er ist ganz in Schwarz gekleidet. Sein Umhang weht hinter ihm her. Er ist sehr schnell und bewegt sich mit großer Geschmeidigkeit. Ich könnte ihn jetzt töten, aber ich warte noch. Manchmal braucht man Verbündete, und wenn Leute merken, dass man sie nicht killt, dann killen sie dich auch nicht, sondern helfen dir. So habe ich auch Ginger kennengelernt.

Ich zücke meine Tommy Gun, mein Trommelgewehr, und schaue durch das Fernrohr. Ich scanne die Lichtung ab. Keine Bewegung zu erkennen. Kein Lebenszeichen. Der Reaper-Skin ist nun auch weg. Ich laufe in Richtung Fluss. Leise Klickgeräusche eines Gewehrs verraten mir, dass die Gefahr in unmittelbarer Nähe lauert. Ich baue in die Höhe und laufe eine Planke hoch. Es ist immer gut, sich in einer höheren Position zu befinden als die anderen, den Überblick zu haben. Man sieht mehr und kann die anderen von oben abschießen.

# 7. Kapitel

*Ding-dong. Schon wieder klingelt es unten an der Tür. Tuto ist not amused. Er muss noch mal sein Spiel unterbrechen. Das war's mit dem Solo. Vielleicht besser so. Was ist denn nur heute los? Was wollen die alle von mir?, denkt Tuto. Leicht verärgert läuft er die Treppe hinunter zur Eingangstür, nimmt locker-leicht mehrere Stufen auf einmal.*

*»Ihr hattet eine Katze bestellt?« Vor ihm steht wieder der nette Lieferant im Blaumann, der vorhin mit seinem Kollegen die Katzenklappen-Tür gebracht hat. In der Hand hält er einen vergitterten Katzenkorb.*

*»Bestellt eigentlich nicht, aber ohne geht es wohl nicht. Ich muss ja die Funktion der Katzenklappe irgendwie bebildern«, antwortet Tuto leicht schnippisch.*

*Der Lieferant überreicht feierlich den Koffer und erklärt: »Das ist Hollie. Sie ist eine sehr erfahrene Katzenklappen-Katze. Sie wird Eurer Durchlaucht keine Probleme bereiten. Aber haltet bitte andere Tiere von ihr fern. Das schließt Hunde mit ein. Es kann sonst Ärger geben. Ich empfehle mich, Sire.« Mit einer kleinen Verbeugung verabschiedet sich der Mann, geht einige Schritte rückwärts, dreht sich um und steigt in den Lieferwagen.*

*Sehr seltsames Verhalten, denkt Tuto. Hat der mich eben »Sire« genannt? Und die Art, wie er sich verabschiedet hat. Als hätte ich noch den Skin des Schwarzen Ritters an. Heute ist ein seltsamer Tag. Erst dieser Anruf von Professor Sweet himself mit diesem – zugegeben – lukrativen Auftrag, dann mein ganzes Team plötzlich offline, obwohl wir schon ewig für heute zum Fortnite-Spielen verabredet sind, und nun diese geschwollene Sprache von einem Katzenlieferanten. Was geht hier ab?*

Tuto schließt die Haustür. »Miau!« Ungeduldig macht sich Hollie bemerkbar und kratzt von innen gegen den Katzenkorb.

*Du armes Kätzchen,* denkt Tuto, stellt den Korb auf den Boden und öffnet das Gitter. Majestätisch stolziert ein wollweißes Fellknäuel aus dem Korb. Zwei wunderschöne, hellblaue Kugelaugen blicken Tuto an.

*Hatschi!* Das hatte er völlig verdrängt, seine Katzenallergie! Tutos Augen beginnen prompt zu jucken. Er schluckt und fühlt einen Kloß in seiner Kehle. Als hätte er einen Klumpen Katzenhaare verschluckt.

»Oje, wie grauenhaft. Komm, Hollie, lass uns das schnell hinter uns bringen. Wo ist meine Kamera?«

Tuto läuft in seinen Medienraum und schnappt sich seinen Camcorder, ein paar Akkus und eine Kameraleuchte, die ein schönes, sanftes Licht verbreitet. Als er in den Korridor zurückkehrt, ist Hollie verschwunden. »Miez, miez, miez!«, lockt Tuto. Er läuft in die Küche. Vielleicht hat die Katze Hunger? »Hollie!«, ruft er – und noch einmal: »Hollie!« Er sucht den Küchenfußboden ab, doch er kann sie nicht erspähen. Er lässt den Blick nach oben über die Küchenschränke schweifen.

Da sitzt sie, die Katze, über ihm auf dem doppeltürigen XXL-Kühlschrank, zum Sprung bereit. Tuto streckt ihr die Hände entgegen, lockt, will sie herunterholen. Hollie faucht. Ihre Augen, die eben noch in einem weichen Hellblau schimmerten, funkeln nun rot und gefährlich. Sie schlägt mit ihrer

*Tatze nach ihm und erwischt ihn an der Stirn. Tuto versucht, dem Schlag auszuweichen, stolpert dabei über einen Küchenstuhl und fällt auf die Knie. Mühsam rappelt er sich hoch. So kann ich nicht arbeiten, denkt er und muss schon wieder niesen. Seine Nase läuft.*

*Was würde der Schwarze Ritter an meiner Stelle machen? Ja, richtig, er würde mit seinen Kettenhandschuhen nach der Katze langen, würde sie einfach packen, ganz egal, ob sie kratzt und beißt. So mach ich das auch.*

*Tuto läuft zu seinem Werkzeugkasten und kramt ein Paar dicke, lederne Arbeitshandschuhe heraus. Die zieht er an und nähert sich mit ausgestreckten Händen der Katze. Oder vielmehr: Er nähert sich dem Kühlschrank, von dem er glaubt, dass Hollie dort oben sitzt. Aber nein, da hockt sie nicht mehr. Enttäuscht lässt Tuto die Hände sinken. »Hollie?«, ruft er. »Wo bist du?«*

*Die Hintertür steht plötzlich einen Spalt weit offen. War die nicht eigentlich verschlossen, als die Monteure das Haus verließen? Verflixt. Hollie muss weggelaufen sein.*

*Tuto reißt die Tür ganz auf und läuft in den Garten. »Hollie! Hollie!« Aber nichts. Die Katze ist verschwunden. Tuto spürt, wie der Juckreiz in seinem Gesicht augenblicklich nachlässt. Auch der Kloß im Hals ist kaum noch zu spüren. Er zieht die frische Luft ein und denkt: Vielleicht besser so. Vielleicht kommt sie bald wieder und legt mir eine fette Maus vor die Katzenklappe. Oder eine Ratte. Tuto schaudert bei dem Gedanken. Er mag Tiere wirklich – die Hunde, auch die Ponys seiner Töchter –, aber Katzen fand er immer gruselig. Katzen reagieren aggressiv auf ihn. Das war schon immer so.*

*Nie hätte er den Auftrag von Professor Sweet annehmen dürfen, aber die traurige Wahrheit lautet: Er hat sich ge-*

*schmeichelt gefühlt. Dass Professor Sweet ihn für ein Tutorial angefragt hat, ist ziemlich cool. Aber es geht nicht. Am besten, er ruft jetzt gleich bei den Sweet-Werken an und macht seinem Auftraggeber klar, dass er sich einen anderen für das Video suchen muss. Vielleicht kann Tuto ihm jemanden empfehlen. Ihm fällt spontan dieser andere YouTuber ein. Wie heißt der doch gleich? Der auch Technik-Tutorials macht?*

*Tuto geht zurück ins Haus und schließt die Hintertür von innen fest zu. Nun schaut er sich die Katzenklappe genauer an. Sie sieht eigentlich ganz normal aus. Sie lässt sich nach beiden Seiten bewegen, nach außen und nach innen. Wenn Hollie wiederkommen sollte, wird sie locker durch diese Klappe passen. Tuto wäscht die Fressnäpfe der Hunde aus und füllt etwas Futter hinein. Was Hunden schmeckt, könnte vielleicht auch Katzen anlocken.*

*Sein Blick fällt auf die Gebrauchsanleitung und das Begleitschreiben von den Sweet-Werken. Tuto holt das Handy aus seiner hinteren Hosentasche, tippt die Telefonnummer ein und wartet, bis sich eine Verbindung aufgebaut hat.*

*»Sie rufen außerhalb unserer Geschäftszeiten an.«*

*Natürlich. Das musste ja sein. Tuto tippt auf den roten Button. Es gibt nichts mehr, was er heute noch tun kann. Draußen wird es langsam dunkel. Wo bleibt nur Daniela mit den Kindern? Und den Hunden?*

*Tuto räumt das Kamera-Equipment zurück an seinen Platz. Jetzt erst merkt er, wie erschöpft er eigentlich ist. Ein kleines Nickerchen auf dem Sofa – das wär's doch! Er läuft die Treppe hoch in den ersten Stock und geht in sein Arbeitszimmer. Das sieht noch genauso aus wie vor etwa einer Stunde, als er es verlassen hat. Auf dem Bildschirm seines Computers flimmert das Startbild von Fortnite. Sehr gerne mochte er den*

*Cowgirl-Skin mit den rosa Haaren und den Shorts und einer Forke in der Hand. Das war eine schöne Einstimmung in den Herbst.*

*Aber nun schaut er stattdessen auf den Vulkan, das Piratenschiff der Lazy Lagoon und die Antike Stadt. Eine Banane tanzt, schlenkert mit den Beinen. Haben Bananen Beine? Bei Fortnite schon. Die Musik läuft in Endlosschleife. Tuto ist nicht einmal neugierig, wer von seinen Freunden jetzt wohl online sein könnte. Er will nur noch schlafen. Er schmeißt sich auf das kuschelige Samtsofa in der Ecke und vergräbt das Gesicht in einem Sofakissen. Innerhalb weniger Sekunden versinkt er in einen tiefen Schlaf.*

# 8. Kapitel

Was ist das? Auf einmal befinde ich mich auf einem mittelalterlichen Schlachtfeld. Wie kann das sein? Das muss das Fortnite der Zukunft sein. Oder der Vergangenheit? Je nachdem. Ich bin mitten drin in diesem Spektakel. Als Schwarzer Ritter, wie immer. Aber sonst erkenne ich meine Umgebung nicht mehr wieder. Ich befinde mich mit einem Heer von Bogenschützen auf einem Stoppelfeld. Die Ernte ist schon eingebracht, und hier und da stehen Strohbündel. In der Entfernung ganz oben auf einem Hügel steht eine Burg. Die sollen wir einnehmen?

»Schiebt!«, ruft einer von hinten. Ein paar Männer wuchten etwas Schweres den Hügel hinauf. Das sieht aus wie ein sehr großes Holzschild, zusammengezimmert aus Baumstämmen. Dahinter können sich die Bogenschützen vor einem Angriff verstecken, vermute ich.

Einer ruft mir zu: »Hey, Ritter, bleib am Leben!«

Sehr gerne, aber wie? Wo ist mein Schwert? Ich habe einen Bogen in der Hand. Ein kurzer Blick über meine Schulter, und ich weiß, dass ich Pfeile auf dem Rücken trage. Na, dann …

Neben mir steht plötzlich Eidostelos. »Wo sind wir, Eido?«, frage ich, »und wo wart ihr vorhin überhaupt? Ihr wart alle offline. Ich habe euch vermisst, Digger!«

»Come on, Tuto, was ist los mit dir?«

Gute Frage! Wenn ich das wüsste. Ein paar Typen sitzen

auf Pferden und galoppieren an uns vorbei den Berg hoch. Ein Pferd würde mir als Schwarzem Ritter doch eigentlich auch zustehen, oder?

»Gebt dem König Deckung!«, grölt einer der Bogenschützen.

Okay, das ist also der König. Einer mit grobschlächtigem Gesicht und Rauschebart. Auf seinem Kopf trägt er einen silbernen Helm mit goldenen Zacken, eine angedeutete Krone.

Eine Hundertschaft Bogenschützen macht sich bereit, ihre Pfeile abzuschießen. Ich auch. Wir schießen Pfeile in die Luft. Wie ein Hagel rieseln sie auf die Burgzinnen hinab und treffen etliche Kämpfer der gegnerischen Armada. Die Übriggebliebenen beantworten unseren Angriff mit ebenso vielen Pfeilen, abgeschossen mit ihren Armbrüsten. Ich ducke mich hinter einen der Holzschilde, spüre, wie die Pfeile dagegenprasseln.

Die Gegner, einige Kettenhemdenträger, kippen aus großen Tonnen eine schwarze, ölige Flüssigkeit die Burgmauer hinab. Was ist das? Heißes Pech? Ich muss wirklich im 12. Jahrhundert gelandet sein. Das Mittelalter passt auch zu meinem Schwarzer-Ritter-Skin. Das kann alles kein Zufall sein. Trotzdem mache ich mir etwas Sorgen. Die Pfeile, das Pech. Darauf bin ich gar nicht vorbereitet. Normalerweise informiere ich mich, wenn Neuerungen bei Fortnite kommen, weiß dann schon immer, wie man damit umgeht, und kläre meine Community darüber auf. Das bin ich ihnen schuldig.

Plötzlich ist Eidostelos weg. Wo sind eigentlich Ginger und Heidi? Ich schieße meine Pfeile gezielt auf die Burgritter ab, genau wie die anderen Bogenschützen. Viele der gegnerischen Pfeile bohren sich mit Macht in unsere Schilde, die wir nun über unsere Köpfe halten. Einige Kollegen trifft es in die Brust, und sie knicken ein, fallen zu Boden. Neben mir wird einer von einem Feuerpfeil niedergestreckt. Krass. Das hätte ich sein können.

An der Spitze reitet der König. Er hat sein Schwert in die Luft gerissen und feuert uns an: »Macht sie kalt, diese Noobs!«, brüllt er. Noobs? Mittelalter-Kulisse und Zocker-Speech. Das hat was.

»Los, los!«, ruft einer von hinten. Wir haben uns inzwischen bis zur Burg vorgearbeitet und klettern das vergitterte Holztor hinauf. Hoffentlich kippt jetzt keiner dieses schwarze Zeug von oben runter. Ich entdecke Eidostelos. Er klettert über mir. Mit Entsetzen sehe ich, dass er mit seinem Stiefel in einem Astloch hängen bleibt und nicht weiterkommt. Er braucht meine Hilfe. Ich zerre seinen Fuß aus dem Holz. Von oben sausen Steine an uns vorbei, die uns nur knapp verfehlen. Die Situation wird mir zu heikel. Wir ziehen uns zurück. Die Eroberung der Burg ist vorerst gescheitert.

Mit knapper Not entgehen wir einem Schwall Pech, der vor uns auf den Boden schwappt. Wir verstecken uns hinter einer der tragbaren Holzmauern. Nun bloß nicht nachlassen. Schnell starten wir einen weiteren Angriff und schießen unsere Feuerpfeile auf das Burgtor. Das beginnt sofort zu brennen. Eine riesige Stichflamme schnellt zur Burgmauer hinauf. Das Pech wirkt wie ein Brandbeschleuniger. Ich spüre die Hitze in meinem Gesicht. Ein Pferd wiehert. Ich höre die Schreie der Männer, die von den Flammen erfasst und gegrillt werden. Das war's für euch!

Wir jubeln. Der König schreit: »Kämpft für unser Vaterland! Wir sind die Helden vom Century Dragon Empire!«

Na gut. Dann machen wir das. Ich dachte eigentlich, wir kämpfen für ein paar V-Bucks oder den Epischen Sieg, aber fürs Vaterland – das hat etwas Erhabenes. Früher ging es noch richtig um etwas.

Zonk!!! Aus heiterem Himmel bin ich getroffen. Einmal nicht aufgepasst, und nun steckt ein Pfeil in meiner Brust. Einfach so. Wie kann das passieren? Ich trage doch das Kettenhemd des Schwarzen Ritters. Und wo kam der Pfeil plötzlich her? Ich sinke zu Boden. »Hilfe!«, rufe ich schwach. »Eidostelos, du musst mir helfen!«

Doch Eidostelos hört mich nicht. Wo ist Ginger, verdammt, und wo ist Heidi? Keiner da, wenn ich sie brauche. Bevor ich's mich versehe, bin ich schon wegteleportiert. Eine Schrift erscheint: »CoolChecker tötet TutopolisTV mit einer Armbrust«, teilt mir Fortnite mit.

# 9. Kapitel

*Tuto liegt auf dem Sofa und reibt sich die Augen. Ihm dröhnt der Schädel. Das war ein ganz besonders dummer Traum, denkt er. Total unrealistisch. So einfach lasse ich mich normalerweise nicht töten.*

*Draußen ist es immer noch dunkel. Ein Blick auf die Uhr, und es ist klar: Er hat etwa eine Stunde geschlummert. Er richtet sich auf und lauscht. Alles ruhig. Er ist immer noch allein. Tuto schaut auf sein Smartphone. Aus unerfindlichen Gründen ist es auf Vibration eingestellt, so dass er einen Anruf von Daniela verpasst hat. Er hört seine Mailbox ab und erfährt, dass es Probleme mit dem Auto gab und sie erst morgen zurückkommen können. Tuto klickt auf Rückruf und wartet gespannt. »Ihr Gesprächsteilnehmer ist zurzeit leider nicht erreichbar«, teilt ihm eine Computerstimme mit. Wahrscheinlich ist der Akku von Danielas Handy leer. Er könnte jetzt ihre Schwester auf dem Festnetz anrufen, aber er lässt es. Seine Kehle ist trocken. Er muss sich erst einmal um sich selbst kümmern.*

*Tuto läuft in die Küche, um sich eine Flasche Wasser zu holen. Sein Blick fällt auf die neue Tür mit der Katzenklappe. Die Klappe steht nach innen offen. Muss das so sein? Ist Hollie zurück und hat sich hier irgendwo verkrochen? Nein, das würde er merken. Dann würden sich die Symptome seiner Katzenallergie bemerkbar machen. Seine Augen würden jucken, seine Nase laufen, und er hätte wieder diesen Kloß im*

*Hals. Aber nichts von alldem plagt ihn. Er gießt sich ein Glas Wasser ein und überlegt: Die Klappe ist offen. Jemand oder irgendetwas hat sich Zutritt zum Haus verschafft. Etwas Kleines, aber keine Katze. Hatte nicht Professor Sweet gesagt, die Klappe erkennt, wer Zugang ins Haus bekommen darf, und weist alle anderen Tierchen ab? Hier stimmt doch etwas nicht.*

*Tuto nimmt sich die Gebrauchsanweisung. Ja, hier steht es. Das Tier, das von innen nach außen die Klappe passiert, kann sie auch wieder von außen nach innen durchlaufen. Bei allen anderen bleibt die Klappe geschlossen. Allerdings erinnert sich Tuto, dass die Hintertür einen Spalt offenstand, als Hollie verschwand. Vielleicht ist Hollie gar nicht durch die Katzenklappe nach draußen gelangt, sondern ganz einfach durch die angelehnte Tür. Nun ist die Tür zu. Er hatte sie vorhin verschlossen. Aber die Klappe steht nach innen offen, als ob sie klemmen würde.*

*Plötzlich hört er ein Scheppern. Tuto erstarrt vor Schreck. Offensichtlich ist er nicht allein. Es ist noch jemand im Haus. Jemand, den er nicht eingeladen hat. So viel ist schon mal klar. Stille. Er tastet sich langsam von der Küche in den Flur und schaltet die Treppenbeleuchtung an. »Hallo?«, ruft er. Aber er weiß, dass es zwecklos ist. Der Eindringling wird sich nicht freiwillig stellen. Will ihm dieser Jemand einen Streich spielen?*

*Tuto hat von anderen YouTubern gehört, dass Fans manchmal eine komische Art haben, ihre Zuneigung zu zeigen: »Wenn sie deine Adresse herausbekommen, musst du auf alles gefasst sein«, hatte ihn eine Kollegin gewarnt. Sie erzählte, sie hätte nachts um 3 Uhr einen Pizzalieferanten vor der Tür gehabt – mit zehn Kartons Pizza in der Hand. Die hatte ein Fan bestellt und auch bezahlt. DANKE, aber um die Uhrzeit liegt die ganze Familie natürlich längst im Bett. Ein anderer YouTuber, der Videos mit Lego-Installationen dreht, erzählte unter Tränen, dass jemand in sein Haus eingebrochen war und seine ganze Legosammlung im Wert von 100 000 Euro geklaut hatte.*

*Seitdem ist Tuto vorsichtig, aber er kann sich nie sicher sein, dass nicht jemand dahinterkommt, wo er wohnt. Es wird viel erzählt in der Szene, und manchmal plaudern entfernte Bekannte Details aus, die niemanden etwas angehen.*

*Noch ein kleines Geräusch von oben. Tuto ist ratlos. Soll er die Polizei rufen? Aber vielleicht ist gar nichts, und er macht sich nur lächerlich. Vielleicht muss er dann noch den Polizeieinsatz bezahlen, wegen Fehlalarm. Gibt es das überhaupt, oder wird es immer nur von Eltern behauptet, um Kinder davon abzuhalten, zum Scherz den Notruf zu wählen?*

*Tuto schleicht zurück in die Küche und schließt die Katzenklappe vorsichtig. Sie gibt leicht nach und rastet ein. »So, du bleibst jetzt zu, du dummes Ding«, flüstert Tuto. Dann pirscht er sich wie ein Agent im Film von einem Raum zum nächsten, aber er findet nichts.*

*Das Geräusch kommt auch nicht wieder. Trotzdem lässt es ihm keine Ruhe. Er könnte noch auf dem Dachboden nachsehen. Aber nein, das geht nun wirklich zu weit. Langsam schlurft er zurück in seinen Gaming-Raum. Noch eine Runde Fortnite zocken? Warum nicht? An Schlafen ist jetzt ohnehin nicht mehr zu denken. Nach all den Adrenalin-Schüben.*

*Er erinnert sich an den merkwürdigen Traum, an seine Mittelalter-Episode. Das wäre eine Idee, die er den Spieleentwicklern von Fortnite übermitteln könnte. Viele Fortnite-Fans senden ihre Vorschläge über soziale Medien nach North Carolina ins Headquarter von Epic Games. Vieles von dem, was sich die Spieler wünschen, hat der Spieleentwickler tatsächlich realisiert. Manchmal dauert es eine Season länger als erwartet. Die Waffen-Skins beispielsweise hatten viele schon für Season 6 erwartet. Die kamen dann erst später.*

*Aber grundsätzlich hören die Fortnite-Macher auf ihre Community. Tutos Mädchen lieben den Bananen-Skin. Der hat so witzige, braune Druckstellen auf den Knien. Nun hoffen sie auf einen Erdbeer-Skin. Das haben sie kürzlich gemeinsam auf Instagram angeregt. Vielleicht hatten andere auch diese Idee, und die Entwickler arbeiten schon an einem Erdbeer-Skin. Das wäre natürlich für die Kinder eine tolle Bestätigung. Dann könnten sie im Kindergarten und in der Grundschule erzählen, dass sie an einem Skin mitgearbeitet haben.*

*Tutos Blick fällt auf seinen Computerbildschirm. Eigentlich erwartet er den Start-Screen – das Piratenschiff, den Vulkan, die Antike Stadt. Stattdessen – o Graus – zeichnet sich ein Standbild wie von einer schlechten Überwachungskamera ab, ein pixeliges Schwarzweißbild. Er kneift die Augen zusammen und erkennt seine eigene Hintertür von innen. Die neue Tür, die mit der Katzenklappe. Tuto reibt sich übers Gesicht. Verliert er nun endgültig den Verstand? Langsam, ganz langsam öffnet sich die Katzenklappe. Tuto traut seinen Augen nicht. Winzig kleine Wesen mit wuscheligen, roten Haaren, großen Nasen, Händen und Füßen, kleine koboldartige Typen, etwa fünf oder sechs davon, traben in seine Küche. Ein Ton ist nicht zu hören, aber Tuto sieht ganz genau, dass sich diese Trolle vor Lachen krümmen. Einer muss einen Witz gerissen haben. Tuto packt kaltes Entsetzen.*

*Dann ist auf einmal alles vorbei. Das Bild krisselt und verschwindet. Als wäre nichts gewesen, erscheint nun wieder der*

*Fortnite-Startbildschirm. Die Fortnite-Musik ertönt in voller Lautstärke. Tuto muss sich die Ohren zuhalten. Er greift nach seiner Tastatur und drückt auf die Stumm-Taste. Was ist hier eigentlich los? Das ist mehr als nur der Streich eines verrückten Fans. Dem Grauen weicht langsam eine kalte Wut. Die Kerle schnappe ich mir, beschließt Tuto.*

*Er rennt nach unten in die Küche und checkt die Katzenklappe, findet jedoch nichts Verdächtiges. Die Klappe ist zu und bleibt es auch. Zögernd drückt er mit dem Zeigefinger dagegen. Die ist fest eingerastet. Niemand kommt rein. Auch keine kleinen Trolle, die ihn ärgern wollen. Tuto schaut sich in der Küche um, macht jede einzelne Schranktür und Schublade auf, schaut sogar in der Waschmaschine und im Geschirrspüler nach. Sein Blick sucht die Zimmerdecke und die Wände ab. Von irgendwo muss das Bild auf seinen Computer gespielt worden sein. Jemand muss hier eine Überwachungskamera installiert haben. Aber wo? Tutos Blick fällt auf einen Stoffbären, der auf dem Kühlschrank sitzt. Den hat er noch nie zuvor gesehen. Ein Teddy seiner Mädchen?*

*Aha, denkt Tuto, der alte Babysitter-Überwachungstrick! In einem Auge des Stoffteddys ist die Kamera versteckt. Aber wer macht denn so was? Wer sollte ihn überwachen wollen? Vielleicht hat einer der beiden Typen, die die Tür angeliefert haben, das Stofftier dort hingesetzt?*

*Das muss er klären. Er holt eine Schere aus der Schublade und schneidet dem Teddy den Kopf ab. Dann greift er hinein und holt das ganze Füllmaterial heraus. Doch er findet … nichts! Keine Kamera. Nichts Verdächtiges. Natürlich nicht. Tuto wundert sich über sich selbst. Wie konnte er das tun? Und was jetzt? Den Kopf wieder annähen? Nein, viel zu kompliziert. Er weiß auch gar nicht, wo er nach dem Nähzeug suchen soll. Er muss den Stoffbären entsorgen. Aber vielleicht ist das der Lieblingsteddy eines der Mädchen. Er erinnert sich nicht. Tuto stopft den Stofftiertorso mit dem abgetrennten Kopf in eine Mülltüte und verknotet sie sorgfältig. Die wird er später in die Mülltonne vor der Tür werfen, nimmt er sich vor.*

*Seine Gedanken wandern wieder zu den Bildern, die er auf seinem Monitor gesehen hat. War das real? Oder Einbildung? Aber das ist doch lachhaft. Es gibt keine Trolle. Vielleicht Trolle in den sozialen Medien oder im Film, ja, aber nicht im wirklichen Leben.*

*Tuto kommt zu der Überzeugung, dass er sich das mit den Klabautermännern nur eingebildet haben kann. Was für ein Quatsch. Fast muss er über sich selbst lachen. Kleine, lustige Trolle, die durch eine Katzenklappe spazieren? Haha, so weit kommt es noch! Kopfschüttelnd läuft er die Treppe hoch in seinen Gaming-Raum. Jetzt ist Schluss mit diesem Unsinn. Tuto will nun endlich seine Ruhe und freut sich auf eine schöne Runde Fortnite. Einfach mal entspannen. Er hat in letzter Zeit wirklich zu viel gearbeitet. Kein Wunder, dass er anfängt zu halluzinieren.*

# 10. Kapitel

»Hey, Tuto, wo warst du die ganze Zeit?« Es tut gut, Heidis Stimme zu hören. Endlich etwas Normalität.

»Ja, das frage ich euch. Es hat an der Tür geklingelt, und als ich wieder zurückkam, wart ihr alle offline«, beschwere ich mich.

»No way«, sagt Ginger, »wir haben das Update gemacht und dann die ganze Zeit Fortnite gespielt und uns gewundert, wo du abgeblieben bist.«

»Ohne unseren Schwarzen Ritter sind wir doch völlig verloren«, witzelt Eidostelos.

Ach, ist das schön! Alle sind wieder da und bester Laune. »Stimmt, das Update«, fast hätte ich es vergessen. Das lade ich jetzt herunter. »Taugt das was?«

»Ich finde es klasse!«, sagt Heidi. »Rollende Hamsterbälle, Kanonen, mit denen man sich weit weg katapultieren kann, und das neue Flugzeug ist echt stark. Musst du unbedingt ausprobieren!«

Hamsterbälle, Kanonen, Flugzeuge, irgendetwas fällt ihnen doch immer ein. Ich warte, bis das Update zu Ende gerödelt hat. Updates kommen immer am Donnerstag, aber manchmal verschiebt es sich. Nebenbei stöbere ich in meinen E-Mails und schaue mir die Kommentare auf meinem Instagram-Account an. Ich habe meine Community aufgefordert, mir Fragen zu stellen. Wie immer. Oha! 800 Kommentare. Da wartet noch ziemlich viel Arbeit auf mich.

Dann ist es so weit. Ich setze mir den Kopfhörer auf. »Bin bereit, ihr Lieben«, flöte ich ins Mikro.

»Wird aber auch Zeit!«, meckert Ginger.

»Lass ihn doch«, nimmt mich Heidi in Schutz. Danke, Heidi!

Ich versende Einladungen an mein Lieblingsteam: Heidi, Ginger, Eidostelos – meine alte Crew. Ich wähle einen Skin aus, na klar, der Schwarze Ritter muss es sein. Kurz denke ich an die Armbrüste und Pfeile aus meinem Traum, an die schwarze Fontäne, die von der Burg zu Boden rauscht, das Feuer.

Ich entscheide mich für die Spektral-Axt. Die schimmert so schön bunt. Nun kann es losgehen. Das Spiel lädt. Ich schaue auf den Schriftzug: Noch 10 Sekunden, dann wird der Schlachtenbus starten. Ich kann es kaum erwarten, freue mich auf den Kampf. »Wisst ihr schon, wo es hingehen soll?«, frage ich die anderen.

»Ich hätte Lust auf Shabby Sands«, verkündet Heidi. Für alle, die sich noch nicht so gut bei Fortnite auskennen: Shabby Sands ist ein abgeschlossenes Wohngebiet mit Villen und Pools an der Westküste. Lange könnt ihr euch hier nicht aufhalten, denn der Sturm setzt oft recht früh ein, und dann muss man schnell verschwinden. Sonst: Game over. Der Sturm macht alles und jeden platt.

»Ehrlich? Shabby Sands? Wollen wir es wagen?« Ich bin skeptisch. »Was sagt ihr? Ginger, Shabby Sands? Eidostelos?«

»Shabby Sands ist fett«, antwortet Eidostelos. Das klingt nach Zustimmung.

Ginger so: »Shabby Sands, Mann, fresh. Bin dabei!«

Der Bus gleitet langsam über Shifty Shafts, einen Bergbauschacht mit Gebäuden, Schienenverkehr und Lastwagen. Wir fliegen über Greasy Grove. Das ist eine Wohngegend mit einem Burger-Restaurant, einer Tankstelle und einem Outdoor-Laden im Südwesten unterhalb von Shabby Sands.

Dann geht's ab in die Tiefe. Mein Schwarzer Ritter saust auf die Insel zu. Diesmal verwende ich als Gleiter den Heartspan, das Herz mit den Flügeln. Den hat mir Heidi geschenkt. Eigentlich würde er besser zu Eidostelos passen, dem unverbesserlichen Romantiker und Loveranger. Mein Blick haftet auf den Sohlen meiner Ritter-Stiefel. Die sind etwas überdimensioniert. An meinen Skin-Händen rechts und links kleben Raketen. Ich bin nun schon fast auf der Erde angekommen und tausche die Raketen gegen einen Fallschirm. Meine Beine baumeln im Wind. Gleich lande ich auf einem Hügel. Der Fallschirm verschwindet, und ich habe nun meine Candy Axe in der Hand, das ist diese rotweiß geringelte Zuckerstange. Jetzt muss ich mir schnell Ressourcen, also Waffen und Munition, besorgen.

Ich checke die Statistik. Ich bin seit 24 Sekunden im Spiel, und neun Spieler sind bereits gestorben? Meine Gegneranzahl liegt bei 91, eigentlich 87, denn wir vier sind ein Team und arbeiten zusammen. Mit der Axt eliminiere ich Kisten und Tonnen, an denen ich vorbeilaufe. Ich baue eine Treppe in den oberen Teil einer Scheune. Dort sehe ich ein Licht. Na bitte. Ich habe eine Schatzkiste gefunden. Ein toller Moment. Ich bediene mich.

»Hey, Leute, ich bin in Shabby Sands. Wo seid ihr?«, höre ich Ginger rufen.

»Ich komme gleich. Bin in einer Scheune auf dem Weg nach Shabby. Hab gerade eine Schatztruhe gefunden«, gebe ich Meldung.

3:03 Minuten sind bisher vergangen. 85 Spieler sind noch dabei. Vor mir liegt ein großes Schiff im Wasser. Die Kanonen können die Rettung sein, wenn Sturm kommt. Dann kann man sich selbst ganz woandershin katapultieren. Aber das ist zum jetzigen Zeitpunkt nicht angesagt. Wir sind noch ganz am Anfang des Spiels. Daher lasse ich das Schiff links liegen und überquere den Fluss zu den Blockhütten. Auf der anderen Seite sehe ich Eidostelos.

Ich baue mir eine Treppe in den ersten Stock der Blockhütte. Dort steht noch eine Kiste. Sie leuchtet und ist gut gefüllt mit allem, was ich zum Überleben brauche: Granaten, Patronen, ein Jagdgewehr. Schnell nehme ich die Waffen auf und bewege mich wieder nach unten ins Erdgeschoss. Ich verlasse die Hütte. Am Horizont sehe ich den Heidi-Skin. Ihre Axt schimmert rosa. Noch 67 Spieler sind am Leben.

Mit meiner Candy Axe schlage ich alles kurz und klein. Ich entferne das Dach einer Wikingerunterkunft, zerstöre Zäune, bahne mir den Weg hinaus auf die Wiese. Ich muss vorsichtig sein. Hinter jeder Tanne kann ein Sniper sitzen. Ich haue sämtliche Tannen weg und renne einen Hügel hinunter. Vor mir läuft Eidostelos. Seine mächtigen Loveranger-Flügel wehen im Wind. Unterhalb des Hügels stehen Zelte und eine Kiste. Noch mehr Waffen. Die kann ich gut gebrauchen. Ich lasse mich einen Felsen hinuntergleiten. In der Realität wäre das gar nicht möglich. Ich würde wie ein Stein in die Tiefe fallen und sofort meinen Verletzungen erliegen. Das mag ich an Computerspielen. Ich bewege mich wie ein Superheld durch eine Phantasiewelt, in der fast alles möglich ist.

Oje, ich bekomme eine Meldung. Das Auge des Sturms zieht sich zusammen. Der Sturm kommt und verkleinert die Spielfläche. Die verbleibenden 43 Spieler werden auf engerem Raum zusammengetrieben und aufeinandergehetzt. Das ergibt durchaus Sinn. Sonst würde das Spiel ewig dauern. Nun wird ein Ausweichen schwieriger. Wen der Sturm einholt, der stirbt. Vielleicht nicht sofort, aber fast sofort.

Vor mir laufen Heidi und Eidostelos über die Wiese. Wir nähern uns Shabby Sands. »Ginger? Bist du noch in Shabby?«, spreche ich in mein Mikrofon.

»Ja, bin ich, aber du wirst die Stadt nicht wiedererkennen«, antwortet Ginger. »Hier sind so kleine, komische Typen unterwegs. Die sehen aus wie Trolle – winzige Kerle mit ganz vielen roten Haaren auf dem Kopf, großen Nasen, zerrissenen Hosen und großen, nackten Füßen. Ich kann mich nicht erinnern, dass Fortnite solche Skins angeboten hätte. Ganz seltsam. Und vor allem: Die sind total aggressiv, wimmeln hier rum und haben so kleine, rollende Feuerbälle, mit denen sie alles plattmachen. Ich bin am Swimmingpool, und ihr könnt euch gar nicht vorstellen, wie es hier aussieht. Sämtliche Liegestühle, die Rutsche, dieser Bademeister-Hochstuhl, die Sonnenschirme – alles kaputt. Ich habe keine Ahnung, wo sie diese kleinen, rollenden Granaten herhaben. Die feuern sie mit bloßen Händen ab. Es ist total beängstigend. Kommt besser nicht her. Ich muss hier weg!«

Kommt bloß nicht her – das ist mein Stichwort. Natürlich muss ich da hin. Ich lasse doch nicht einen meiner besten Freunde mit diesen Monstern allein. Das kann kein Zufall sein, dass die sich ausgerechnet in Shabby Sands aufhalten. Die Beschreibung passt auf die fiesen, kleinen Kerle, die vorhin durch meine Küche spaziert sind. Kann das sein, dass die nun in unserem Spiel auftauchen und meinen Kumpel attackieren? Das muss ich mir aus der Nähe ansehen.

»Ginger? Hörst du mich?«, ich versuche cool zu klingen.

»Klar«, antwortet der Lebkuchenmann, »ich höre dich.«

»Pass auf, ich glaube, ich kenne diese Trolle. Die waren bei mir zu Hause, in meiner Küche. Sind durch meine neue Katzenklappe gekommen. Ich habe das genau gesehen. Deine Beschreibung passt perfekt. Ich wette, die haben uns abgehört und ihre Leute nach Shabby Sands geschickt, um uns Ärger zu machen. Dieser Angriff gilt ganz gezielt unserem Team.«

Schweigen.

Ich so: »Hallo?«

Ginger räuspert sich. »Alles in Ordnung mit dir, Tuto?«

»Ja, ich weiß, was du denkst – das ist alles nur ein Spiel. Aber das stimmt nicht. Es geht weit darüber hinaus. Ich weiß auch nicht, was da wirklich passiert und wie das alles zusammenhängt. Das müssen wir herausfinden.«

Oha! Ich werfe einen Blick auf die Liste der Zerstörung unten links auf meinem Bildschirm:

HappyShark mit der Pistole erschossen
HeavyFace mit der Maschinenpistole durchsiebt
HippyFinger mit Schrot vollgepumpt
HolyFox mit dem Gewehr durchlöchert
HunkyFlirt in die Luft gejagt

Alle Spielernamen beginnen mit einem H. Ist das nur ein blöder Zufall? Was geht hier ab? Folgt das Spiel einem geheimen Masterplan? Werden die Spieler in alphabetischer Reihenfolge ausgeschaltet? Aber dann müsste Ginger schon tot sein, denn G kommt schließlich immer noch vor H im Alphabet. Ich werde etwas panisch. »Ginger? Bist du noch da?«, vergewissere ich mich. Stille. Eine schlimme Vorahnung erfasst mich. »Ginger?«

»Ja, Mann, ich bin noch da. Ich habe mir ein Flugzeug geschnappt. Das ist so genial. Da unten stehen diese Wichtelmänner und werfen mir ihre Feuerbällchen hinterher. Haha! Aber ich bin schneller!« Seine Stimme überschlägt sich fast vor Begeisterung. Ich bin erleichtert.

»Ja klar, das Flugzeug. Die X-4 Stormwing – was für eine phantastische Neuerung. Fliegen können sie also noch nicht, diese Trolle? Und ihre kleinen, schwabbeligen Ärmchen sind wohl zu schwach, um ihre Feuerbälle bis zu dir hochzuwerfen!«

»Wahnsinn, jetzt rennen die hinter mir her, na wartet, euch zeig ich's!«, lacht Ginger. »Ich versuch's mal mit diesem eingebauten Maschinengewehr. Aber erst mal flieg ich einen Überschlag. Yee-haw!«

Das Flugzeug dreht sich einmal um seine eigene Achse. Und noch einmal. »Okay, das klappt schon mal. Und jetzt … voilà, das Maschinengewehr. O neeeeeiiiin …«

»Was ist los?« Ich höre ein stotterndes Motorengeräusch, das langsam näher kommt. Am Horizont sehe ich einen Flieger, der anscheinend die Kontrolle verloren hat, schlingert und abwärtstrudelt. Das Flugzeug kommt direkt auf mich zu. Wohin ausweichen? »Ginger, bist du das?«

»Ja, ich glaube, der Motor ist ausgefallen. Ich stürze aaaaaab …«

Der Himmel leuchtet blutrot. In letzter Sekunde rette ich mich mit einem Hechtsprung zur Seite und entgehe knapp dem abstürzenden Flugzeug. Ein dumpfer Aufschlag. Staub. Fliegende Wrackteile. Dann Stille.

Vorsichtig rappele ich mich hoch und schaue mich nach

meinem Kollegen um. Tatsächlich, da ist er … schwebt mit einem Fallschirm zu Boden.

»Das war knapp«, ruft er mir zu. »Komm, wir müssen uns beeilen. Die sind hinter uns her, und an Land sind die sehr schnell.« Er hält sich den Zeigefinger an die Lippen und horcht. Zu sehen sind sie noch nicht, aber man kann sie hören. Ein wütendes Getrappel. Ganz weit weg. Anscheinend sind es noch mehr geworden. Hört das gar nicht mehr auf?

»Die holen uns gleich ein. Wir können uns auf das Schiff retten. Es ist so weit. Der Sturm erwischt uns jeden Moment.«

»Gute Idee!«, ruft Ginger. Wir setzen uns in einen Golfwagen, ihr wisst schon: Ich meine dieses kleine Fahrzeug, mit dem man auf dem Golfplatz von Loch zu Loch fährt. Das ist nicht übermäßig schnell, und so gurken wir über holprige Wiesen nach Loot Lake.

Plötzlich höre ich erneut ein Motorengeräusch. Über uns kreist ein Flugzeug mit vier Leuten auf den Tragflächen. Das gibt es sonst nur bei James Bond. Natürlich attackieren sie uns. Sie ballern mit Maschinengewehren auf uns herunter. Gegner von überall. Zu Land, in der Luft, und ich wette, wenn wir am See sind, auch gleich noch auf dem Wasser.

Es sind noch etliche Spieler unterwegs, die um den Epischen Sieg kämpfen. Rechts und links neben unserem Wagen schlagen die Patronen ein, durchlöchern die Plane des Fahrzeugs. Wir ziehen die Köpfe ein. Eidostelos fährt Schlangenlinien, weicht den Schüssen gekonnt aus. Ich versuche mit gezielten Sniper-Schüssen, die Typen von den Tragflächen des Fliegers runterzuholen, aber es gelingt mir nicht.

Das Flugzeug dreht sich mehrfach um die eigene Achse. Die Passagiere bleiben einfach mit den Füßen an den Flügeln kleben und trotzen der Erdanziehungskraft. Die Stormwing fliegt steil in die Höhe und nimmt eine scharfe Kurve. Sie kommt zurück und rast genau auf uns zu. Nicht schon wieder. Ich tausche meine Shotgun gegen ein Maschinengewehr und gebe Ginger Anweisung, kurz anzuhalten. Dann lehne ich mich aus unserem Fahrzeug und feuere eine ganze Ladung Munition auf das Flugzeug ab. Man braucht mindestens 20 bis 30 Treffer, um den Flieger vom Himmel zu holen.

Die Antwort lässt nicht lange auf sich warten. Sie beschießen unseren Golfwagen. Ginger fährt wieder an und beschleunigt, holt alles aus diesem lächerlichen Gefährt heraus. Dann reißt er das Steuer herum, fährt eine scharfe Linkskurve. Eine Baumgruppe kommt immer näher. »Vorsicht«, brülle ich, aber es ist zu spät. Wir rauschen mit voller Wucht gegen einen dicken Baumstamm. Der Aufprall zurrt den Golfwagen zusammen wie eine Ziehharmonika. Wir werden aus unseren Sitzen geschleudert. Ich rolle halbwegs elegant ab, verliere aber im Flug meinen Ritterhelm. Ausgerechnet. Das gab es noch nie bei Fortnite. Ich lande in einem Gebüsch. Überall Zweige und Blätter.

Ein kurzer Blackout, und als ich wieder zu mir komme, beugen sich zwei Gestalten über mich. Heidi und Eidostelos! »Hey, gut, euch zu sehen …« Ich freue mich wirklich.

Eidostelos grinst anerkennend: »Das war ein filmreifer Abgang, alle Achtung. Aber du hast einen kleinen Kratzer im Gesicht abbekommen.«

Ich taste mein Gesicht ab, das Gesicht des Schwarzen Ritters, meines Skins, und entdecke etwas Blut an meinen

Händen. Blut ist ein Tabu bei Fortnite. Das gab es bisher noch nie. Schon gar nicht bei einem solchen vergleichsweise harmlosen Unfall.

# 11. Kapitel

*Die Zeit vergeht wie im Flug. Tuto braucht eine Pause. Er fühlt sich mit einem Mal wie zerschlagen. Als wäre er wirklich aus einem Golfwagen geschleudert worden und im Gebüsch gelandet. Er geht ins Badezimmer. Als er in den Spiegel über dem Waschbecken blickt, trifft ihn beinahe der Schlag. An seiner Stirn befinden sich eine ziemlich große Schramme und ein bisschen angetrocknetes Blut. Er traut seinen Augen nicht. Wie kann das sein? Er hat doch heute gar keine Stunts auf seinem Longboard geübt, sondern die ganze Zeit vor dem Computer gehockt. Longboardfahren mag er sehr. Bei seinen akrobatischen Figuren kann es schon mal zu Stürzen und auch zu Kratzern im Gesicht kommen. Er liebt Sport, und am besten gefallen ihm Sportarten, die nicht ganz ungefährlich sind. Manchmal setzt er sich ohne Helm auf die Ponys seiner Töchter. Reiten gilt als eine der gefährlichsten Sportarten. Wie Drachenfliegen oder Kitesurfen. Aber heute stand nichts davon auf dem Programm.*

*Ratlos sieht Tuto an sich hinunter und erkennt, dass seine Jeans einen Riss an den Knien bekommen hat. Nein, nicht was ihr denkt, kein Riss als Fashion Statement. Die Hose war völlig in Ordnung, als er sie kaufte und auch als er sie heute Morgen anzog. Er versucht sich zu erinnern, was an diesem Tag alles geschehen ist. Er hat Fortnite gespielt, hat einen Anruf erhalten, hat eine neue Tür angeliefert und eingebaut bekommen. Er hat eine Katze in Pflege genommen, die Katze ist ihm weggelaufen, er hat Trolle durch seine Küche spazieren sehen, zumindest auf seinem Computerbildschirm, und ... er hat ganz viel Fortnite gespielt. Tuto kann sich nicht entsinnen, wann er sich verletzt haben könnte. Außer ... Das Einzige, das ihm einfällt, wo er seine Blessuren herhaben könnte, ist der Unfall mit dem Golfwagen. Könnte es sein, dass nicht sein Schwarzer Ritter in die Büsche gefallen ist, sondern ER??! Doch wie war das möglich? Das klingt völlig verrückt, aber genau so muss es passiert sein.*

*Er denkt nach, versucht sich in Erinnerung zu rufen, was genau abgelaufen ist. Sein Ritterhelm war verrutscht. Er lag auf dem Rücken, und plötzlich waren Ginger und Heidi auch da, kümmerten sich um ihn. Doch was war mit Ginger? Der war doch auch aus dem Wagen gefallen und konnte sich ebenfalls dabei verletzt haben! Er muss der Sache auf den Grund gehen. Er muss Ginger fragen, ob er auch Verletzungen aus dem Spiel davongetragen hat, die er nun – nach Spielende – immer noch hat. Jetzt gleich muss er mit ihm sprechen.*

*Er läuft zurück in sein Spielzimmer. Sein Monitor ist noch eingeschaltet, aber seine Freunde sind alle offline und sicherlich auf dem Weg ins Bett. Er schnappt sich sein Smartphone und startet einen Videoanruf. Er lässt es lange klingeln.*

*»Ja? Was ist?« Gingers müdes Gesicht und seine roten Haare erscheinen auf dem Display. Seine Augen sind noch glasiger als sonst.*

*»Wie gut, dass du noch wach bist.« Tutos atemlose Stimme lässt den Freund aufhorchen. »Ich weiß, es klingt crazy. Ich habe Kratzer an mir entdeckt, an der Stirn, an den Knien. Die kann ich mir nur bei unserem Unfall mit dem Golfwagen zugezogen haben. Daher rufe ich dich an. Hast du dich auch bei Fortnite verletzt?«*

*Gingers Gesicht verzieht sich zu einem amüsierten Grinsen: »Ich habe tatsächlich etwas Ungewöhnliches an mir festgestellt. Heute Nacht habe ich so viel Fortnite gespielt, dass mir die Hände bluten!« Er hält Tuto einen aufgeschrammten Handballen entgegen.*

*Tuto ist skeptisch: »Du meinst, das kommt vom Controller? Das glaube ich nicht. Dann müssten doch deine Finger bluten. Wenn überhaupt. Kann es nicht vielmehr sein, dass du dir beim Sturz von diesem Golfwagen die Hände aufgeschlagen hast?«*

*»Nein, unmöglich. Das war doch im Videospiel … oder?«*

*»Ich weiß, es klingt total verrückt, aber ich glaube, das könnte mit diesen Trollen zusammenhängen. Wenn die Trolle auftauchen, verschwimmt die Grenze zwischen Videospiel und Realität. Anders kann ich mir das nicht erklären.«*

*»Die Trolle?«, fragt Ginger lahm, kapiert nichts.*

*»Diese Trolle. Die in Shabby Sands. Erinnere dich. Du hast die doch auch gesehen und uns sogar gewarnt, nicht nach Shabby Sands zu kommen. Genau diese Tierchen oder Klabautermännchen waren bei mir zu Hause in der Küche.«*

*»Was? Das ist ja total abgefahren. Ich glaub das nicht!«*

*»Ich weiß, es ist völlig daneben …« Tuto überlegt. »Wir müssen irgendwas unternehmen, um herauszufinden, ob meine Theorie stimmt.«*

*»Okay. Sollte das wirklich stimmen, dann müssen wir dorthin, wo uns die Trolle zuletzt begegnet sind, also entweder zu dir nach Hause in die Küche oder nach Shabby Sands«, kombiniert Ginger.*

*Das ist ein guter Punkt, denkt Tuto. Im Haus hatte er alles abgesucht, aber nichts gefunden, was auf die wahre Existenz der kleinen Monster hinweist. Nicht einmal die Kamera, die*

*die Trolle aufgezeichnet hat, hat er gefunden. »Wir müssen zurück nach Shabby Sands«, beschwört er seinen Freund.*

*»Aber nicht mehr heute, Tuto. Sorry, ich bin total im Eimer. Ich muss jetzt echt ins Bett.«*

*»Hast recht, das ist eine reale Gefahr. Da müssen wir ausgeschlafen sein. Lass uns das morgen angehen. Ich melde mich.«*

*»Alles klar. Bis dann!« Ginger verschwindet vom Display.*

*Tuto trifft ein paar Sicherheitsmaßnahmen. Er schließt die Eingangstür sorgfältig ab und schiebt einen Sessel davor. So leicht kommt hier kein Troll mehr rein. Dann sichert er den Hintereingang, die neue Tür mit der Katzenklappe. Er kippt den Küchentisch auf die Seite und schiebt ihn gegen die Tür, so dass die Katzenklappe vollständig abgedeckt ist. Morgen müssen sie die Tür abholen, überlegt Tuto, wir brauchen unbedingt unsere alte Tür zurück. Diese Katzenklappe ist ein Sicherheitsrisiko. Das können wir uns nicht leisten. Schon gar nicht, wenn Daniela und die Kinder zurück sind. Morgen früh muss ich als Erstes bei Professor Sweet anrufen und diesen Auftrag rückgängig machen. Diesmal aber wirklich.*

*Am späten Samstagmorgen wird Tuto unsanft von einem Poltern aus dem Schlaf gerissen. Es klingt, als würde jemand versuchen, die Eingangstür aufzubrechen. Er ist sofort hellwach. Die Trolle sind zurück!, ist sein erster Gedanke. Er springt aus dem Bett und läuft die Treppe hinunter in den Eingangsbereich. Die Haustür steht nur einen Schlitz offen, und jemand kämpft von außen mit dem Sessel, den er vor dem Zubettgehen davorgeschoben hat. Tuto schaut vorsichtig durch den Schlitz und erkennt … Nein, keine Trolle, es ist Daniela. Sie versucht, die Tür aufzudrücken. Erleichtert schiebt er den Sessel zur Seite und zieht die Tür von innen auf.*

*»Warum kommt ihr denn nicht rein?«, witzelt er.*

*»Haha«, spöttelt Daniela und umarmt ihn. »Warum verbarrikadierst du dich? Hast du Angst, dass du geklaut wirst?«*

*»Papa!« Zwei kleine, blonde Mädchen kleben rechts und links an seinen Beinen. Er geht in die Knie, um sie zu begrüßen. In dem Moment schlappt ihm eine Hundezunge über das Gesicht.*

*»Du hast mich erwischt!«, ruft er und wischt sich mit seinem Ärmel über den Mund. »Na, wie war Frankfurt?«, fragt er Celina, die Ältere.*

*Sie hat keine Gelegenheit zu antworten, denn Daniela kommt aus der Küche zurück und fragt: »Was soll der Tisch vor der Tür zum Garten?«*

*Die Kids sind bereits auf dem Weg nach oben ins Kinderzimmer und tragen ihre Täschlein die Treppe hinauf. Fröhliche, helle Stimmen entfernen sich.*

*Tuto führt Daniela in die Küche und schließt die Tür. Mit gesenkter Stimme erzählt er ihr kurz, was in ihrer Abwesenheit passiert ist, zeigt ihr die Schrammen an der Stirn und an den Knien. »Ich weiß, es klingt völlig bizarr, aber du musst mir glauben.«*

*Daniela scheint zu zweifeln, was sie davon halten soll. Vermutlich denkt sie, er kriegt vom vielen Fortnite-Spielen schon Halluzinationen. »Bist du dir ganz sicher?«*

*»Ja, ich schwöre es. Es war so, wie ich es dir gesagt habe. Du musst mir glauben!«*

*»Und was sollen wir jetzt machen?«*

*»Wir haben das gestern besprochen, Ginger und ich. Wir müssen zurück ins Fortnite-Spiel, und vielleicht auch die anderen, Eidostelos und Heidi. Wir müssen uns diesen Trollen stellen.«*

*Celina ist unbemerkt in die Küche geschlichen. Daniela wendet sich ihr zu.*

*»Mami, schau mal, was ich in meinem Zimmer gefunden habe. Darf ich das behalten?« Celina steht in der Tür und hält etwas in der Hand, das wie eine Puppe aussieht. Es ist ein Spielzeug, das entfernt an Pumuckl erinnert, den Klabautermann aus »Meister Eder und sein Pumuckl«. Das Ding hat lange, zottelige, rote Haare, die wild abstehen, und ein Gesicht mit einer großen Nase. Die Hände sind auch etwas zu groß. Die Füße sind nackt und viel zu klobig für den kleinen Körper.*

*»Nicht anfassen!«, schreit Tuto. Er greift nach einem Küchenhandtuch und nimmt seiner Tochter das trollartige Wesen aus der Hand. Celina wirkt verunsichert von der Reaktion ihres Vaters. Er setzt sich auf einen Küchenstuhl und schaut sich das Spielzeug genau an, studiert seine Gesichtszüge. Daniela wirft ihm einen neugierigen Blick über die Schulter. Im Gegensatz zu den meisten Stoffspielzeugen hat dieser Troll nichts Niedliches. Sein Gesicht ist weder freundlich noch unfreundlich.*

*»Daniela«, haucht Tuto, »so sehen sie aus, diese Trolle, die erst auf meinem Computerbildschirm und dann im Fortnite-Spiel aufgetaucht sind.«*

*Daniela wendet sich an ihre Tochter: »Hat dir das jemand gegeben? Wo hast du das her?«*

*Celina antwortet erstaunt: »Nein, das hat mir niemand gegeben. Das lag oben auf meinem Bett.«*

*Daniela und Tuto tauschen Blicke. »Jemand war hier im Haus«, sagt Daniela voller Grauen.*

*»Das denke ich auch«, bekräftigt Tuto.*

*»Sollen wir die Polizei rufen?«*

*Tuto ist sich nicht sicher. Die Situation ist zu seltsam. Was sollte die Polizei für sie tun? Fingerabdrücke nehmen? Es war ja nichts passiert. Nichts fehlte, niemand war wirklich zu Schaden gekommen.*

# 12. Kapitel

*Eidostelos und Tuto sitzen auf dem Sofa in Tutos Arbeitszimmer.*

*»Wir brauchen unbedingt einen Plan«, findet Tuto, »es gibt anscheinend einen Zusammenhang zwischen dem Auftrag für das Video-Tutorial und dem Fortnite-Spiel. Wir müssen wissen, welche Rolle Professor Sweet in der Geschichte spielt, denn mit seiner Katzenklappe fing der Spuk überhaupt erst an.«*

*Eidostelos ergänzt: »Und wir müssen unbedingt herausfinden, ob die Trolle von Shabby Sands tatsächlich zwischen Videospiel und Realität hin- und herwechseln und ihren Gegnern außerhalb des Spiels gefährlich werden können.«*

*»Das stimmt«, sagt Tuto, »ich schlage vor, wir reden mit Epic Games. Wir müssen sie von der feindlichen Übernahme unterrichten. Eine Reise nach North Carolina steht wohl an.«*

*Eidostelos schnauft: »Bisschen aufwendig, oder?«*

*Tuto hängt sich wieder ans Telefon und versucht, zum wiederholten Mal, mit Professor Sweet Kontakt aufzunehmen.*

*»Nein, tut mir leid, er ist immer noch in einer Besprechung. Können wir zurückrufen?«, bietet Professor Sweets hochnäsiger Assistent an.*

*»Ich muss ihn so schnell wie möglich sprechen. Er hat mir einen Auftrag für ein Video erteilt, den ich unmöglich erfüllen kann. Ihr Unternehmen hat für die Filmarbeiten in meinem*

*Haus eine Tür mit Katzenklappe eingebaut. Ich möchte die Tür dringend zurückgeben. Mit der Tür, die mir Ihre Leute AUFGEDRÄNGT haben, stimmt etwas nicht. Das muss Professor Sweet unbedingt erfahren …«*

*»Die Produkte aus unserem Haus sind einwandfrei«, widerspricht ihm sein Gesprächspartner.*

*»NEIN, das sind sie nicht. Ich verlange von Ihnen meine alte Tür zurück. Heute noch!« Tuto verliert die Geduld.*

*»Zu dieser Entscheidung bin ich leider nicht befugt. Das müssen Sie mit Professor Sweet persönlich klären, aber wie gesagt: Im Moment ist er leider beschäftigt. Ich habe Sie auf meiner Liste. Wir kümmern uns«, beharrt der Mitarbeiter.*

*Entnervt beendet Tuto das Gespräch. Als es noch richtige Telefone gab, konnte man seinem Ärger angemessen Luft machen und den Telefonhörer auf die Gabel knallen. Das hat sich leider erledigt, seit alle mit dem Smartphone telefonieren. Für Tuto heißt es nun: Tief durchatmen. So kommt er nicht weiter, ahnt er. Er muss Professor Sweet in seinem Büro aufsuchen. Jetzt!*

*»Fahren wir hin?«, wendet sich Tuto an Eidostelos.*

*»Hmm.« Eidostelos denkt nach. »Glaubst du, die lassen uns einfach dort reinspazieren, und plötzlich stehen wir beim Chef im Büro? Diese Großunternehmen haben Schranken am Eingang und Leute am Empfang, die fragen: Haben Sie einen Termin? Wenn du sie anlügst und ja sagst, rufen sie bei dem Alten an. Dann heißt es wohl immer noch: Er ist in einer Besprechung. Bitte warten.«*

*Tuto grübelt: »Du hast recht. Wir müssen damit rechnen, dass Sweet gar kein Interesse daran hat, mit uns zu reden. Wer weiß, was er vorhat. Vielleicht läuft für ihn alles nach Plan.«*

*»Stimmt. Wir müssen davon ausgehen, dass er erreicht hat, was er wollte ...«, überlegt Eidostelos. »Wir denken, er braucht ein Video, aber vielleicht hat er es vielmehr auf deine Funktion als Influencer einer Community von über 800 000 Leuten abgesehen. Diese Idee, sich bei dir über einen Auftrag für ein Video einzuschleusen, ist ziemlich gut. Wie sollte man sonst einem YouTuber erklären, dass man Zugang zu seinem Haus braucht und bei ihm eine Katzenklappen-Tür einbauen muss?«*

*»Okay, wir werden vielleicht nicht zu Professor Sweet vorgelassen, wenn wir als Tuto und Eidostelos ankommen«, antwortet Tuto. Er hat eine Idee: »Aber wenn wir eine Undercover-Identität annehmen, könnte es klappen. Wir müssen genauso raffiniert sein wie er. Wir brauchen einen Trick.«*

*»Das sehe ich auch so, Tuto. Im Film treten Undercover-Agenten oft als Handwerker auf, am besten mit einer Leiter oder einem Werkzeugkoffer bewaffnet. Bei dir hat das auch geklappt, als sie dir die Katzenklappen-Tür untergejubelt haben«, spinnt Eidostelos den Gedanken weiter. »Aber das war vom Professor gut vorbereitet. Ihn mit den gleichen Waffen schlagen zu wollen wäre ziemlich abgeschmackt. Das würde sofort auffliegen. Ein Anruf im Sekretariat von Professor Sweet oder bei der Hausverwaltung, und schon wäre klar, dass wir keine echten Handwerker sind.«*

*»Wir müssten uns als Beauftragte eines Staatsorgans ausgeben. Die kommen immer ohne Termin. Vielleicht könnten wir so tun, als wären wir Lebensmittelkontrolleure und wollten die Kantine inspizieren«, überlegt Tuto.*

*»Ich dachte mehr an die CIA oder den MI6. Du weißt schon: James Bond.«*

*»Coole Idee! Wir ziehen uns Hemd und Anzug an, einen*

*Schlips, und ich fake für uns CIA-Ausweise. Die holen wir uns einfach aus dem Internet und drucken sie aus. Das merken die nie.«*

# 13. Kapitel

*Tuto und Eidostelos sind nicht mehr wiederzuerkennen, als sie auf dem Besucherparkplatz der Sweet-Werke aus dem Auto steigen. Beide tragen dunkle Anzüge und sehen ungewöhnlich seriös aus. Es fehlt nur noch eine Sonnenbrille. Auf die haben sie absichtlich verzichtet. Manchmal ist weniger mehr.*

*Tuto greift in seine Brusttasche und fühlt nach, ob sein gefälschter CIA-Mitarbeiterausweis noch da ist. Er ist Paul Bettany. Den gibt es wirklich. So heißt einer seiner Lieblingsschauspieler, der in den »Avengers«-Filmen Vision, einen ziemlich wichtigen Androiden, spielt. Bei dem »Star Wars«-Film »Solo« hat er auch mitgespielt. Er ist echt dick im Geschäft, aber sein Name dürfte nur echten Filmfans geläufig sein.*

*Eidostelos geht als Mark Ruffalo. Auch ein Schauspieler. In den »Avengers«-Filmen tritt er als Hulk auf. Haha! Eigentlich ist Eidostelos das völlige Gegenteil von Hulk, dem grünen, überlebensgroßen, wütenden Muskelmann. Aber darin liegt ja gerade der Reiz. Dieses Einmal-ein-Superhero-sein und wie die »Avengers« Sachen machen, die in der Realität unmöglich sind. Wenn dann auch noch Waffen und Zubehör der »Avengers« für begrenzte Zeit bei Fortnite auftauchen, fängt der Spaß erst richtig an.*

*Als der letzte Marvel-Streifen in die Kinos kam, tauchten zeitgleich das Wappenschild von Captain America, Spraymotive, Banner und Hängegleiter im »Avengers«-Look bei*

*Fortnite auf. Der Fiesling Thanos kam zurück. Der hat früher schon mal sein Unwesen bei Fortnite getrieben. Man kann davon halten, was man will – aber als Black Widow durch die Fortnite-Welt zu düsen und Thanos zu bekämpfen ... davon träumt doch jedes Kind. Oder fast jedes.*

*Aber zurück zu unserer Geschichte. Ihr habt ja gar keine Ahnung, wie beeindruckend das Hauptgebäude der Sweet-Werke ist. Riesig und monumental wie der Geldspeicher von Onkel Dagobert. Früher war es eine Tabakfabrik und eine Zeitlang das größte Fabrikgebäude der Welt. Zwischenzeitlich stand es jahrelang leer, weil die Instandhaltungskosten zu hoch waren. Dann hat die Filmindustrie den Komplex als Filmset entdeckt und in den 1960er Jahren einige Agenten-Thriller hier gedreht – zum Beispiel »Eins, zwei, drei« mit James Cagney und Horst Buchholz. Ich weiß, ihr mögt keine Schwarzweißfilme und alles, was alt aussieht, aber das ist ein Klassiker. Den könnt ihr euch mal ansehen. Das Gebäude steht heute schon ewig unter Denkmalschutz. Professor Sweet hat es originalgetreu restaurieren lassen. Ein echtes Schmuckstück.*

*Es ist sehr beeindruckend, was Professor Sweet in nur einem Arbeitsleben geschaffen hat. Dabei ist er in ganz bescheidenen Verhältnissen aufgewachsen. Aber er hatte von Kindesbeinen an einen Riecher dafür, was die Leute brauchen und wofür sie Geld ausgeben wollen. Seine erste Erfindung war ein Limonadengetränk. Das hat er bei seiner Mutter in der Küche gemixt und dann auf dem Schulhof an seine Mitschüler vertickt. Die Lehrer haben bewusst weggeschaut. Er war sehr beliebt, ein sehr guter Schüler und sie gönnten ihm seinen kommerziellen Erfolg.*

*Auf dem Gymnasium hat er zwei Klassen übersprungen. Abitur mit 16 Jahren. Da sprach er schon fünf Sprachen flie-*

*ßend. Ein Begabtenstipendium fürs Physikstudium. Er machte seinen Doktor in Physik und Rechtswissenschaften, in zwei völlig verschiedenen und lernintensiven Fachgebieten. An der Uni wollte Sweet jedoch nicht bleiben. Mit 23 gründete er sein erstes Unternehmen. Von da an ging es steil bergauf. Seine Patente verkaufte er ins Ausland. Seine Erfindungen sind weltweit anerkannt und geschätzt – und leider auch massenhaft illegal kopiert worden. Das bleibt natürlich nicht aus.*

*Professor Sweet ist nicht nur Träger des Bundesverdienstkreuzes, sondern auch sehr wichtiger Innovationspreise. Das Übliche: Seine Freunde verehren, seine Feinde fürchten ihn. Mit diesem großen Mann würden es sich Tuto und Eidostelos nun vielleicht verscherzen.*

*»Hello, my name is Paul Bettany and this is my colleague Mark Ruffalo.« Tuto packt sein schönstes Englisch aus, als die Empfangsdame am Eingang fragt, wie sie ihnen helfen kann. »We represent the CIA, the Central Intelligence Agency of the United States, and, I am afraid, we need access to this building and we need to see Professor Sweet.« (Auch die, die noch nicht so viel Englisch gelernt haben, ahnen es bereits: Tuto stellt sich als Mitarbeiter des amerikanischen Geheimdienstes CIA vor und verlangt, mit Professor Sweet zu sprechen.) Lässig zieht er seinen CIA-Ausweis aus seiner Brusttasche und gibt Eidostelos ein Zeichen, das Gleiche zu tun.*

*Ungerührt nimmt ihnen die Empfangsdame die Ausweise ab. »Mr. Bettany, Mr. Ruffalo, may I ask you to have a seat. We need to check your IDs. I will be back with you shortly.« Mit einem Wink zu den Lounge-Sesseln, die die beeindruckende Empfangshalle schmücken, bittet die Rezeptionistin sie, sich auf etwas Wartezeit einzurichten. Dann verschwindet sie mit den Ausweisen.*

*Tuto und Eidostelos versuchen, sich nichts anmerken zu lassen. Das hatten sie sich einfacher vorgestellt. Die Eingangshalle ist sehr belebt. Viele Menschen gehen ein und aus oder warten auf Kollegen, mit denen sie zum Mittagessen verabredet sind. Anscheinend ist die Kantine in einem anderen Gebäudetrakt. Wie gut, dass sie sich nicht als Lebensmittelkontrolleure ausgegeben haben. Dann wären sie sicher nicht ins Büro des Chefs gelangt, sondern in ein ganz anderes Gebäude geführt worden. Aber wie es aussieht, werden sie wohl sowieso nicht vorgelassen, weil ihre Tarnung gleich auffliegt. Sie könnten einfach zur Eingangstür hinausspazieren und sich davonmachen. Noch wäre das möglich. Bei all dem Gewimmel.*

*Doch so schnell wollen sie nicht aufgeben. Sie steuern die Lounge-Sessel an, die ziemlich weit vom Empfangsbereich entfernt stehen, und setzen sich.*

*»Was machen wir denn jetzt?«, flüstert Eidostelos.*

*Tuto beschwört ihn: »Wir müssen das jetzt durchziehen. Vielleicht sind unsere Ausweise so gut, dass die uns das abnehmen.«*

*Sie sehen, wie die Rezeptionistin zurückkommt. Im Schlepptau hat sie zwei bewaffnete Security-Männer und zeigt auf Tuto und Eidostelos. Den beiden Freunden wird mulmig. Das kann nichts Gutes bedeuten. Die Empfangsdame wendet sich einer Besucherin zu. Für sie ist der Fall erledigt.*

*Die Security-Männer kommen immer näher auf sie zu. Tuto und Eidostelos wollen aufspringen und weglaufen, aber sie sind wie gelähmt … Zu ihrer Überraschung treten die Security-Typen an zwei Männer heran, die in unmittelbarer Nähe vor ihrer Sitzgruppe warten. Ein Missverständnis?*

*Tuto und Eidostelos schauen sich an. Beide haben den-*

*selben Gedanken. Bevor die Wachmänner ihren Irrtum erkennen, schlendern die zwei Freunde diskret zum Ausgang. Kaum sind sie hinaus ins Freie gelangt, beschleunigen sich ihre Schritte, und sie eilen über den Parkplatz. Als sie sich ihrem Auto nähern, benutzt Tuto den Transponder. Ein Lautzeichen ertönt. Die Blinker des Wagens leuchten auf, und schon sitzen sie. Die Türen klappen zu. Tuto will den Motor starten, als jemand ans Autofenster klopft.*

*Vor ihnen steht eine ältere Frau. Tuto betätigt den Fensterheber. Das Autofenster gleitet lautlos nach unten.*

*»Sind Sie dieser YouTuber?«, fragt ihn die Frau.*

*»Äh, ja«, antwortet Tuto. Er ist überrascht, denn die Älteren kennen ihn oft nicht, während ihn Jüngere häufig auf der Straße ansprechen. »Und wer sind Sie?«*

*»Ich bin Professor Sweets ehemalige Sekretärin«, erklärt die Frau. »Professor Sweet wollte mich nicht mehr in seinem Vorzimmer haben, weil ich zu viel weiß.« Sie sendet einen vielsagenden Blick. Eine kleine Pause entsteht.*

*»Und was wissen Sie?«, fragt Eidostelos, der sich zur Fahrerseite hinüberlehnt.*

*»Professor Sweet ist Erfinder. Das ist Ihnen klar, oder?«*

*Tuto nickt.*

*»Wissen Sie auch, dass Professor Sweet ein Problem mit Videospielen hat?«*

*Nein, das wissen sie nicht.*

*»Der Sohn vom Professor sollte die Sweet-Werke übernehmen. Aber was macht er stattdessen? Will immer nur Videospiele spielen!«*

*Eidostelos nickt, als würde er wissen, was sie meint.*

*»Der Alte hat ihm irgendwann die Kreditkarte weggenommen und gehofft, dass sein Sohn als Junior-Chef bei ihm*

*einsteigt. Aber nein. Lieber wandert er in die USA aus und arbeitet für einen Videospielproduzenten. Das war ein schwerer Schlag für den Professor.« Ihre Stimme wird etwas dünn, als sie sich erinnert, wie schlecht es dem alten Sweet damals ging. »Nach längerer Krankheit ist er ins Büro zurückkehrt und hat geschworen: ›Frau Müller‹, hat er gesagt, ›ich werde die Videospiel-Industrie zerstören! Als Erstes diese Firma, für die mein Sohn arbeitet.‹«*

*»Und wie will er das machen?«, fragt Tuto atemlos.*

*»Er hat irgendetwas erfunden. In seiner üblichen Art. Aber Genaues weiß ich nicht.«*

*»Frau Müller – so heißen Sie doch, richtig?« Tutos Stimme klingt verschwörerisch. »Was habe ausgerechnet ICH damit zu tun? Warum ich?«*

*»Ich glaube, sein Ziel ist, die Öffentlichkeit zu beunruhigen. Nach der Logik von Professor Sweet geht das am besten, wenn es einen berühmten und beliebten Computerspiel-Menschen trifft.«*

*»Wie meinen Sie das? Was heißt das – ›trifft‹? Bin ich in Gefahr? Was ist mit meiner Familie?« Tuto kriegt Panik.*

*»Nein. Ja. Ich weiß es nicht. Das Einzige, was ich weiß, ist: Sie müssen sehr vorsichtig sein. Passen Sie auf, mit wem Sie sich anlegen. Der Mann hat viel Macht.«*

*»Aber Frau Müller, was tun Sie denn hier draußen. Sie erkälten sich noch!« Neben der seltsamen Frau taucht ein Mann in einem weißen Kittel auf. Er packt sie am Arm und zieht sie vom Wagen weg. Zu Tuto und Eidostelos wendet er sich mit den Worten: »Hat die Frau mit Ihnen gesprochen? Sie bildet sich ein, dass sie früher für Professor Sweet im Vorzimmer gearbeitet hat, und verbreitet Schauermärchen über ihn. Vergessen Sie am besten alles, was sie gesagt hat. Leben Sie*

*wohl.« Er hakt sich bei Frau Müller ein und zieht sie zurück zur Eingangshalle. Frau Müller dreht sich noch einmal um und wirft ihnen einen flehenden Blick zu.*

*Eidostelos bemerkt ironisch: »Werde YouTuber und damit reich und berühmt. Läuft bei dir.«*

*»Ja, du hast recht. Es sieht nicht gut aus. Aber immerhin weiß ich nun, woran ich bin. Wir haben es mit einem gefährlichen Gegner zu tun.«*

*»Ich schlage vor, wir fahren los. Wie komisch, dass diese Security-Affen noch gar nicht gemerkt haben, dass sie die Falschen am Eingang angesprochen haben.«*

*»Ich glaube nicht, dass das Zufall ist«, überlegt Tuto. »Nach deren Logik ist es so: Wenn die uns festsetzen, kann die Öffentlichkeit nicht erfahren, wie leicht man anscheinend Videospiele manipulieren kann und was die Auswirkungen auf Gamer sind. Er hat mich ausgewählt, damit ich diese Botschaft in die Welt hinaustrage.«*

*»Du glaubst also dieser Frau? Aber was, wenn das auch alles nur inszeniert ist? Vielleicht, um uns einzuschüchtern und von den Sweet-Werken fernzuhalten.«*

*»Vielleicht hat sie die Wahrheit gesagt. Die Geschichte klingt doch glaubhaft.«*

*»Was wollen wir jetzt machen?« Eidostelos klingt ratlos.*

*Tuto entscheidet: »Wir bleiben bei unserem ursprünglichen Plan. Wir sind ein Team: Ginger, Heidi, du, ich – wir werden die Trolle von Shabby Sands plattmachen. Wir werden unsere Videogames-Welt und Fortnite retten. Wer, wenn nicht wir?«*

*Eidostelos lacht: »Klar, Mann! Die Welt retten. Mit weniger geben wir uns nicht zufrieden. Ich bin dabei!«*

# 14. Kapitel

*Professor Sweet ist sauer. Er schaut vom Fenster seines Büros auf den Parkplatz und beobachtet, wie seine Angestellten vom Mittagessen zurück zu ihren Arbeitsplätzen strömen. Den beiden Besuchern in weißen Kitteln, die in den feinen und sehr teuren Ledersesseln vor ihm Platz genommen haben, dreht er den Rücken zu. Er seufzt: »Was haben Sie sich dabei gedacht, Frau Müller?«*

*Frau Müller schweigt.*

*»Was haben Sie diesen Leuten erzählt? Darf ich Sie erinnern, dass Sie eine Verschwiegenheitserklärung unterschrieben haben?«*

*»Aber Professor Sweet, ich habe nichts gesagt. Ich habe die beiden Herren nur darauf aufmerksam gemacht, dass sie im absoluten Halteverbot stehen und dass wir in solchen Fällen abschleppen lassen.«*

*»Das hörte sich für mich aber ganz anders an«, sagt der Mann, der Frau Müller von Tutos Wagen weggezogen hat.*

*»Aussage gegen Aussage«, fasst Professor Sweet die Diskussion zusammen und sagt dann eindringlich zu Frau Müller: »Ich frage Sie ein letztes Mal: WORÜBER HABEN SIE MIT DIESEN LEUTEN GESPROCHEN?«*

*Frau Müller schweigt wieder.*

*»Sie haben Glück, dass Sie lange Jahre loyal waren und gute Arbeit für mich geleistet haben. Allerdings bin ich mir nicht mehr sicher, ob Sie noch eine Zukunft in meinem Un-*

*ternehmen haben. Sie wissen, was das bedeutet, oder? Gehen Sie jetzt zurück an Ihren Arbeitsplatz. Als Sekretärin in der Hausverwaltung können Sie keinen Schaden anrichten. Aber ich möchte nicht, dass Sie mit Fremden über meine Privatangelegenheiten reden. Haben wir uns verstanden?« Zu seinem Mitarbeiter gewandt, fährt er fort: »Ich erwarte von Ihnen, dass Sie besser auf die Frau aufpassen. Sie soll Telefonate entgegennehmen und Aufträge an die Handwerker verteilen, nicht draußen herumlaufen und Schauermärchen über mich und meine Familie verbreiten. Kapiert?«*

*Der Weißkittel nickt.*

# 15. Kapitel

Wir sind wieder zurück an unseren Gaming-Computern. Ich habe meine besten Teamspieler in unserer WhatsApp-Gruppe alarmiert. Sie wissen, dass auf uns der schwerste Kampf aller Zeiten wartet und dass die Trolle völlig anders ticken als alles, womit wir jemals bei Fortnite zu tun hatten.

»Echt krass«, schreibt Ginger im Chat, »du kannst auf mich zählen. Gemeinsam sind wir stärker!« Dahinter ein Faust-Emoji. Heidi stimmt ebenfalls zu und schickt ein Muskel-Emoji, eins in Dunkelbraun, natürlich.

Ich fahre meinen Computer hoch, aber bevor ich mir das Headset aufsetze, will ich noch etwas im Internet recherchieren. Hat Professor Sweet wirklich einen Sohn, der sich abgeseilt hat? Ich muss Gewissheit haben, ob ich dieser früheren Sekretärin trauen kann. Ich tippe ein paar Schlagwörter in die Suchmaschine: »Professor Sweet«, »Sohn« und »Videospiele«. Treffer! Professor Jonathan Sweet. Selbstverständlich gibt es einen sehr langen Wikipedia-Eintrag über ihn. Ich überfliege die Zeilen. Jonathan Sweet hat zwei Kinder aus erster Ehe, heißt es dort. Micaela und Michael. Beide tragen fast den gleichen Namen. Er ist ein großer Erfinder, aber bei den Kindernamen ist ihm nicht viel eingefallen.

Ich suche weiter nach Michael Sweet und finde ziemlich viele Artikel und Fotos in der Klatschpresse. Sein halbes Leben kann ich im Internet nachvollziehen. Das ist ungewöhnlich. Normalerweise verstecken reiche Leute ihre Kinder vor der Öffentlichkeit. Michael ist also ein Zweitgeborener. Jahrgang 1981. Geboren in Cambridge. Dort hatte seine Mutter damals eine Professur für Computer Science inne. Auch Michael interessiert sich für Computer, lese ich. Im Alter von vier Jahren bekommt er einen Amiga 500 der Firma Commodore geschenkt. Das muss 1985 eines der ersten Modelle gewesen sein. Ich finde sogar ein Bild von einem kleinen Jungen, der an einem Computer sitzt. Dieser PC sieht aus wie eine etwas größere Schreibmaschine. Im Jahr 1986 Scheidung der Eltern. Michael wächst in Berlin-Wannsee auf. Ganz in der Nähe der Freien Universität, wo seine Mutter nun einen Lehrstuhl erhält. Zehn Jahre später, 1996, erfindet Michael sein erstes Videospiel, Air Unlimited, für den koreanischen Markt. Im Alter von 15 Jahren! Er benutzt ein Pseudonym, veröffentlicht das Spiel also unter einem anderen Namen. Wenig später verlässt er Deutschland und setzt seine Schulausbildung in einem Internat fort. Anscheinend lebt er nun in einem schottischen Schloss, fernab der Zivilisation. Vom Internet, das langsam Fahrt aufnimmt, bekommt er wenig mit.

Michael soll sich mit Literatur und alten Sprachen auseinandersetzen. Für mich klingt das nach einer Bestrafung. Der alte Sweet will anscheinend, dass sich sein Sohn mit Geisteswissenschaften beschäftigt. Nach dem Abitur oder den A-Levels, wie man in Großbritannien sagt, kehrt Michael nach Deutschland zurück und fängt bei den Sweet-Werken eine Ausbildung als Industriekaufmann an. Ein späteres Studium der Betriebswirtschaftslehre im schweizerischen Sankt Gallen ist vorgesehen. Aber dazu kommt es nicht. Vater Sweet und Sohn Michael zerstreiten sich nach nur drei Wochen im Familienunternehmen. Michael taucht unter. Keine Einträge nach 1999. Niemand weiß, wo er abgeblieben ist. Die Polizei – und später eine private Detektei – fahndet sogar international. Allerdings ohne Erfolg.

Das passt zu dem, was Frau Müller mir auf dem Parkplatz zugeflüstert hat. Michael hat wahrscheinlich einen anderen Namen angenommen und ist in die USA gegangen. Mit seinem Talent hat er sicherlich sofort eine Stelle bei einem namhaften Videogame-Start-up bekommen. Früher muss das ein ganz passabler Job gewesen sein. Heute zahlt die Branche immer noch gut, und durch Bonus-Zahlungen kommen die Mitarbeiter oft auf das Dreifache ihres Monatsgehalts. Aber viele Ex-Angestellte klagen über großen Druck am Arbeitsplatz, über Dauerstress und endlose Schufterei, bis zu 100 Stunden pro Woche, ohne einen einzigen freien Tag. Wir Videospieler wollen andauernd etwas Neues. Was das für die Entwickler bedeutet, kann ich nur ahnen. Da hört der Spaß eigentlich auf.

Wie mag es Michael jetzt ergehen? Ich betrachte ihn auf dem einzigen Foto im Netz, auf dem er schon etwas älter ist, und mache einen Screenshot. Ich lege das Bild in meine Cloud. Zu der habe ich von meinem Smartphone aus von überall Zugang. Wer weiß, vielleicht brauche ich das noch mal.

Ein letztes Mal gehe ich sämtliche Seiten durch, damit ich auch nichts übersehen habe. So fällt mein Blick auf das Logo der Sweet-Werke. Wie drollig! Das sieht aus wie ein kleiner, wuscheliger Klabautermann. Ein Troll! Nein, oder? Ein Troll also. Warum zieht Professor Sweet ausgerechnet mit seinem eigenen Maskottchen, das auf jedem seiner Produkte prangt, in den Kampf gegen die von ihm so verhasste Videospiel-Industrie? Ist das nicht unklug? Wäre ihm, einem hyperintelligenten Mann, so ein dummer Schnitzer zuzutrauen?

Ich bin zufrieden. Professor Sweet steht auf der Liste der Verdächtigen ganz oben. Genau genommen ist er momentan der einzige Verdächtige. Aber warum macht er das? Andere in Gefahr bringen, die mit seinen Familienproblemen nichts, aber auch gar nichts zu tun haben. Um seinen Sohn zurückzubekommen? Um Rache zu üben?

Ich setze mir den Kopfhörer auf. »Okay, Leute, ich bin online. Lasst uns loslegen.« Auf der anderen Seite höre ich zustimmendes Brummen. »Irgendwelche Ideen, wie wir das jetzt angehen wollen?«

»Vielleicht zum Loot Lake fliegen? Wo wir euch gefunden haben, als ihr aus dem Golfwagen gepurzelt seid?«, schlägt Heidi vor.

»Gute Idee«, findet Ginger, »das ist das letzte Mal, dass wir es mit den Trollen zu tun hatten.«

Normalerweise gibt es nicht viele Gründe, zum Loot Lake zu fliegen, denn obwohl »loot« Beute heißt, gibt es dort nicht allzu viel zu holen. Ressourcen findet man dort nicht gerade im Überfluss. Daher halten sich da auch nicht so viele Spieler auf. Das ist für unsere Mission von Vorteil, denn wir wollen die Trolle anlocken, aber nicht noch mehr Gegner bekämpfen müssen. Solche Brennpunkte wie beispielsweise Neo Tilted scheiden daher von vornherein aus.

Ich starte das Programm. Ruckzuck ist die Lobby zusammengestellt. Schwarzer Ritter. Der bewährte Skin. Ich greife mir an die Stirn, fühle den Kratzer und das angetrocknete

Blut. Nun weiß ich, in der – vom wem auch immer – manipulierten Fortnite-Welt kann selbst dem Schwarzen Ritter der Helm vom Kopf wirbeln.

Unten in der Küche sitzen Daniela und die Kinder. Sie machen Pfannkuchen mit Apfelmus. Ein paar Mädchen aus der Nachbarschaft sind zu Besuch. Aufgeregtes Geplapper dringt zu mir nach oben in den Gaming-Raum. Ein ganz normaler Nachmittag – wenn nicht diese Trolle auf uns warten würden. Eigentlich wäre es besser, wenn ich jetzt allein im Haus wäre. Wer weiß, was noch passiert. Wie die Trolle von meiner Küche ins Spiel gelangt sind, so können sie womöglich auch den anderen Weg gehen: vom Spiel in die Küche, wo ein paar unschuldige Kinder sitzen.

Ich greife zum Smartphone und rufe Daniela unten in der Küche an. Das kennt sie schon von mir, dass ich im Nebenraum bin und anrufe. Nach kurzem Klingeln nimmt sie ab. Ihr ist sofort klar, dass der entscheidende Augenblick gekommen ist. Sie verspricht mir, die Pfannkuchen einzupacken und mit den Kindern raus auf den Spielplatz zu gehen. Vielleicht fahren sie noch zu den Ponys in den Stall. »Pass auf dich auf«, verabschiedet sie sich von mir. Recht hat sie. Wer weiß, ob wir uns wiedersehen, aber das sage ich ihr natürlich nicht.

»Vielleicht sollten wir einen auf Bush Wookiee machen«, schlage ich den anderen Spielern vor. Ein Bush Wookiee ist einer, der sich versteckt, statt zu kämpfen. Vorzugsweise hinter einem Busch, daher der Name. Oder, das war auch sehr beliebt in Season 5, in der Pyramide. Man verkriecht sich irgendwo und wartet einfach, bis sich die Anzahl der

Kämpfenden von allein verringert hat. Dann geht man raus und erledigt die noch übrigen Spieler. Das ist die Strategie der Bush Wookiees. Nicht die feine Art, aber durchaus effektiv. »Star Wars«-Fans unter euch wissen, wer die Wookiees sind. Das ist dieses haarige Volk, zu dem auch Chewbacca gehört.

»Ja, warum nicht«, stimmt Ginger zu, »wir könnten uns auf dem Schiff verstecken.«

Alle sind einverstanden. Es ist einen Versuch wert.

Der Schlachtenbus startet. Wir fliegen über die Fortnite-Karte. Als der Hügel mit dem Schiff bei Shabby Sands in Sichtweite gelangt, springe ich ab. Diesmal hänge ich an einem Hubschrauber und fliege durch eine dichte Wolke. Das ist neu. Ein Wetterumschwung? Normalerweise sind die Farben immer sehr knallig bei Fortnite. Der lilarote Abendhimmel ist Kult. Den Nebel kenne ich nur von den wenigen Gelegenheiten, wenn mich der Sturm eingeholt hat. Vielleicht ist das auch ein von Professor Sweet neu angelegtes Feature, um uns die Sicht zu erschweren?

Trotz der schlechten Voraussetzungen gelangen wir auf das Schiff. Wir klettern sofort unter Deck und warten. Das ist sehr Fortnite-untypisch, ich weiß. Normalerweise muss man sofort nach seiner Ankunft auf der Insel nach Ressourcen suchen. Diesmal haben wir einfach Glück und entdecken sofort mehrere Schätze im Innern des Schiffs. Gut für uns. Nun sind wir genug gerüstet mit Waffen und Munition. Mit Kanonen sowieso. Die brauchen wir später vielleicht noch, um zu flüchten und uns selbst irgendwohin zu katapultieren.

Lange halte ich diese Untätigkeit nicht aus. Ich gehe an Deck und bemühe mein Fernglas. Suche den Horizont nach

Zeichen von Leben ab. Soweit das überhaupt möglich ist. Weit kann ich nicht sehen. Der Nebel ist zu dicht.

Das Schiff knackt und knarrt unheimlich. Wie ein Totenschiff, denke ich. Es schwankt leicht hin und her. Ein Lüftchen weht mir um die Ohren. Aus dem Augenwinkel nehme ich eine winzige Bewegung wahr. Ich kneife die Augen zusammen, um besser sehen zu können. Eidostelos ist jetzt an meiner Seite. Auch er versucht, zu erkennen, was auf uns zukommt. Ich drehe mich um. Hinter uns stehen Ginger und Heidi.

Dort ist es wieder. Eine winzige Bewegung. Oder? Es ist ganz still. Dann sehe ich es flackern, eine Explosion. »Alle runter«, schreie ich. Es wird hektisch. Wir werfen uns flach auf den Schiffsboden. Ein gewaltiger Kanonenschlag trifft unser Schiff. Holz splittert. Alles wackelt. Mühsam richten wir uns auf. Weitere Explosionen. Einschläge kurz vor unserem Schiffsbug. Wasser spritzt in die Höhe und rieselt auf uns herab.

Wie aus dem Nichts taucht ein zweites Schiff auf. Langsam kommt es näher. Die nächsten Kanonenschüsse treffen uns in die Seite. Das Boot bekommt ein Riesenloch. Die Druckwelle schleudert mich zu Boden.

Ginger und Heidi machen unsere Kanonen klar und schießen mehrere Salven zurück. Aber es führt zu nichts.

Ich rufe: »Okay, Leute, es bringt nichts. Wir müssen weg!« Mit Hilfe unserer Kanonen schießen wir uns selbst auf einen umliegenden Hügel in Sicherheit. Sofort bauen wir weiter in die Höhe und entkommen so auch dem Nebel. Von hier oben sehe ich vieles besser. Unter uns liegen zwei Schiffe, die diesen Namen gar nicht mehr verdienen. Schiffswracks wäre präziser, denn es ist fast nichts mehr von ihnen übrig.

Unterhalb von unserem Hügel ragt ein drittes ausgehöhltes Schiffswrack aus dem Wasser.

Leider konnte sich der Großteil unserer Gegner retten. Sie haben sich Hamsterbälle besorgt. Das sieht lustig aus. Dutzende Hamsterbälle mit Trollen – ja, ihr habt richtig gelesen. Es sind Trolle. Wieder einmal. Ich kann sie nun genau erkennen. Sie fahren auf uns zu. Es sind viele, und es werden immer mehr. Sie sehen grimmig aus – und sie haben aufgerüstet. Auf ihren roten Zottelhaaren sitzen Stahlhelme, die wie BMX-Helme aussehen, nur eben aus Stahl. Ihre Körper, so scheint es, sind durch kugelsichere Westen verhüllt. Ihre übergroßen Füße, die sonst nackt sind, stecken in Stahlkappen-Stiefeln. Ihr Schöpfer – wer immer das sein mag, ob Professor Sweet oder jemand anderes – hat an alles gedacht.

Die Trolle rollen heran wie ein Tsunami, der ans Ufer schwappt. Aus der Entfernung höre ich weitere Bombenexplosionen. Meine Hände zittern. Lass sie noch etwas näher kommen, dann durchsieben wir sie mit unserer Munition, denke ich. »Macht euch bereit«, fordere ich die anderen auf.

Als die Hamsterbälle den Hügel nicht mehr weiter hochkommen, springen die Trolle raus und laufen. Die ersten müssen immer dran glauben. Die strecken wir mit unseren Kampfschrotflinten nieder. Mehrere gehen zu Boden, fallen und verschwinden in der üblichen Fortnite-Manier. »Nehmt die Maschinengewehre«, rufe ich meinen Leuten zu.

Wir befeuern die nachwachsenden Hamsterbälle. Klong! Die Schüsse prallen von dem Glas ab. Das muss Panzerglas sein. Heidi macht die Kanone bereit, und eine mächtige La-

dung explodiert am Strand. Unmittelbar vor den Fahrzeugen der Trolle. Sand und Grasbüschel spritzen in die Höhe. Ein paar von den Typen katapultiert es durch die Luft. Doch der Strom reißt nicht ab. Noch mehr Trolle haben unseren Hügel erreicht und kommen direkt auf uns zu. Wir schießen. Einige erwischt es. Sie fallen und lösen sich in Luft auf. Doch viele der kleinen Bösewichte erwischen wir nicht. Sie schleppen sich weiter, robben durch das Gras und verschanzen sich hinter dem gestrandeten Schiffswrack. Wir kämpfen um unser Leben und schicken eine Feuerwand nach unten. Das Schiffswrack fängt an zu brennen. Ha! Was ist nun übrig von der Stärke und Überlegenheit der Trolle von Shabby Sands?

Doch wir dürfen uns nicht zu früh freuen. Eine weitere Troll-Armada landet unterhalb von uns. Es sind so viele. Ich muss an die Wimmel-Bücher meiner Töchter denken. So weit das Auge blickt, alles ist voll. Für jeden Troll, den wir erledigen, wachsen zehn neue nach. So scheint es. Wir müssen sie alle auslöschen. Einer von ihnen schleppt einen verwundeten Kumpel hinter sich her, will ihn in Deckung bringen.

Noch ein gut gezielter Granatenwurf von Ginger. Wieder spritzt der Sand hoch. Alle Trolle ducken sich weg. Ist das eine optische Täuschung, oder haben sie sich schon wieder vermehrt? Das können wir unmöglich schaffen. Wir schießen mit Trommelgewehren. Eine Explosion erfasst einen Anführer-Troll, und die Druckwelle schleudert ihn durch die Luft. Aber sie lassen sich nicht stoppen und kommen immer näher. »Los, los, los«, höre ich sie sich gegenseitig anfeuern. Sie sprechen unsere Sprache?

Inzwischen haben sich die Trolle auf dem ganzen Hügel

ausgebreitet. Sie kommen zu uns nach oben und schmeißen mit ihren Feuerbällen. Einige explodieren in unserer unmittelbaren Nähe. Die Fortnite-Erde bebt. »Wir ziehen uns zurück«, entscheide ich. »Alle mir nach!«

Der Sturm zieht in 1:32 Minuten auf, informiert mich Fortnite. Die nächste Gefahr. Doch vielleicht ist das die Lösung, denke ich. Lieber vom Sturm eingefangen als von Feuerbällen niedergestreckt. Der Sturm ist vergleichsweise harmlos und beendet das Spiel auf eher sanfte Weise. Denn wer weiß, welche Verletzungen uns die Waffen der Trolle zufügen können. Wollen wir auch gar nicht herausfinden. Schrammen an der Stirn und den Knien reichen mir vorerst.

Wir brauchen dringend neue Ressourcen. Ich gebe den anderen ein Zeichen. Hier entlang. Wir nehmen den Hängegleiter und retten uns auf einen Hügel zwischen Loot Lake und Pleasant Park.

# 16. Kapitel

*Jemand tippt Tuto von hinten an die Schulter. »Dürfen wir mal stören?«*

*Tuto dreht sich um. Vor ihm stehen zwei Polizistinnen in Uniform.*

*»Wir wollten Sie nicht erschrecken, aber wir haben unten geklingelt, und keiner hat aufgemacht. Weil die Haustür offen war, sind wir einfach reingekommen. Wir dachten, Ihnen könnte etwas zugestoßen sein«, erklärt die eine Beamtin.*

*Tuto fühlt sich überrumpelt. Er nimmt seinen Kopfhörer ab.*

*Die andere ergänzt: »In Ihrer Nachbarschaft ist eine Gartenhütte abgebrannt. Wir gehen von Brandstiftung aus. Ich möchte Sie nicht beunruhigen, aber die Spurensicherung fand in einem sehr hohen und sehr dichten Nadelbaum einen mumifizierten Körper. Die Todesursache ist noch ungeklärt, doch wir müssen von einem Mord ausgehen.«*

*Während sie spricht, läuft auf dem Computer das Spiel weiter. Ein Feuerball erwischt Tutos Schwarzer-Ritter-Skin, und er wird wegteleportiert.*

*Die Polizistin redet weiter: »Wir haben mit allen Nachbarn gesprochen, ob sie etwas Verdächtiges gesehen haben. Auch mit Ihrer Frau. So haben wir erfahren, dass bei Ihnen jemand eingebrochen ist. Sie hat gesagt, dass jemand im Haus war und etwas im Kinderzimmer Ihrer Tochter hinterlassen hat. Eine Art Botschaft. Sie hat auch erzählt, dass Sie eine*

*CCTV-Aufzeichnung davon haben, wie jemand durch die Hintertür ins Haus gekommen ist.«*

*Zögerlich erzählt Tuto von den Videobildern, die er auf seinem Computer gesehen hat. Aber das sei vielmehr ein Live-Stream und keine Aufzeichnung gewesen – und nirgendwo gespeichert. Dass es kleine Trolle sind, die er gesehen hat, verschweigt er allerdings. Das würden sie ihm sowieso nicht glauben. Die Verletzungen, die er vom Fortnite-Spiel davongetragen hat, lässt er ebenfalls unerwähnt.*

*»Wir würden uns gern etwas bei Ihnen umsehen. Dürfen wir Ihren Computer für ein paar Stunden entführen?«, fragt die Polizistin.*

*»Na ja«, antwortet Tuto, »das ist mein Arbeitsgerät.«*

*»Geht wirklich ganz schnell. Versprochen. Den bekommen Sie heute noch zurück.«*

*Während eine Polizistin seinen Gaming-Computer abbaut, sieht sich die andere das Kinderzimmer an. Sie zieht sich einen durchsichtigen Plastik-Handschuh an und nimmt die Troll-Spielzeugpuppe an sich, die wieder auf dem Kinderbett liegt. »Die müssen wir auch mitnehmen.« Der Troll verschwindet in einer Plastiktüte.*

*Dann schauen sich die beiden Frauen die Tür in der Küche an. Sie prüfen die Katzenklappe, die fest verschlossen ist, untersuchen die Fernbedienung und den Sensor, schließen die Tür auf und treten hinaus in den Garten. Eine Polizistin geht in die Hocke und sieht sich den Boden vor der Türschwelle genau an. Sie dreht sich zu Tuto um: »Haben Sie eine Katze?«*

*»Äh, nein, nicht mehr«, sagt Tuto.*

*»Hier ist noch etwas anderes.« Nachdenklich tastet sie den Boden ab. »Solche Abdrücke habe ich noch nie gesehen.«*

*Jetzt wäre für Tuto der Augenblick gekommen, die Ein-*

*dringlinge näher zu beschreiben, aber seine innere Stimme rät ihm, es lieber zu lassen. Eine abgebrannte Gartenhütte und eine Mumie im Nadelgehölz passen auch nicht zu seiner Troll-Story.*

*»Haben Sie einen Verdacht?«, fragt ihn die andere Polizistin.*

*Den hat Tuto allerdings. Möglichst sachlich erzählt er, wie er zu der neuen Tür gekommen ist. Auch erwähnt er seinen Trip zu den Sweet-Werken und die Begegnung mit Frau Müller, die ein Motiv für Professor Sweets ominöses Handeln angedeutet hat.*

*Die beiden Polizistinnen hören sich die Geschichte mit ernsten Mienen an. Eine macht Notizen und wendet sich ihrer Kollegin zu: »Das sind natürlich ziemlich starke Anschuldigungen gegen einen sehr angesehenen Bürger dieser Stadt. Was meinst du, Bärbel?«*

*»Wir müssen der Sache nachgehen. Angesehener Bürger hin oder her«, stellt ihre Kollegin klar. Dann, an Tuto gerichtet: »Können Sie mir die Überwachungskamera zeigen, die auf Ihre Hintertür gerichtet ist?«*

*Tuto muss verneinen. Er hat dort nie eine Kamera installiert und sie auch nach intensiver Suche nicht finden können.*

*Die Polizistinnen gehen zurück ins Haus. Eine zückt ihr Smartphone und erklärt, sie habe eine App, mit der sie illegale Überwachungskameras aufspüren könne. Für Laien sei die gar nicht verfügbar, sagt die Beamtin, und in der Anschaffung zu teuer. Tipp, tipp, tipp – und tatsächlich: Neben einigen gekoppelten Geräten, die sie aufgrund der Namen Tutos Haushalt zuordnen können, bildet die App ein unbekannte Sendequelle ab, die auf eine Kamera hinweist. Die Polizistinnen schauen hinter die Verkleidungen der Küchenschränke und ziehen eine Zierleiste zwischen einem Hängeschrank und der Küchenwand ab, die das Kabel einer Einbauleuchte weitgehend verdeckt. Da diese Zierleiste aber nicht lang genug ist, lässt sie einen winzigen Schlitz frei, der erst auf den zweiten Blick erkennbar ist.*

*»Da haben wir dich!« Triumphierend pult sie ein kleines Gerät hervor.*

*Tuto weiß nicht, ob er sich gruseln oder freuen soll. Mehr denn je steht fest: Ja, jemand war im Haus und hat eine Überwachungskamera installiert. Und ja, die Trolle, die durch die Katzenklappe kamen, waren keine Einbildung. Die waren echt.*

*Hinzu kommt, dass eine abgebrannte Gartenhütte und eine Mumie vielleicht in unmittelbarem Zusammenhang zu den Ereignissen in seinem Haus stehen: Hausfriedensbruch, Sachbeschädigung, Brandstiftung, vielleicht sogar Mord. Die Liste der Vergehen wird immer länger. Tuto schaudert.*

*Wie im Fernsehkrimi gibt ihm die Polizistin beim Abschied eine Visitenkarte mit ihrer Telefonnummer: »Falls Ihnen noch was einfällt – Sie wissen schon … rufen Sie uns bitte an.«*

# 17. Kapitel

*Was auf diese Entdeckung folgt, ist ein Besuch der Polizei bei Professor Sweet – eine Razzia. Die ermittelnde Behörde geht davon aus, dass sich ein unbekannter Dritter der technischen Ausstattung der Sweet-Werke bedient haben könnte. Daher wollen sie sicherstellen, dass sämtliche Unterlagen und Computerdaten, die mit den Laboren, mit Sweets Kundenstamm sowie den Vertriebswegen des Unternehmens zusammenhängen, sorgfältig geprüft werden. Der Fall hängt ziemlich hoch. Schließlich hat es einen Mord gegeben, wobei die Todesursache der mumifizierten Leiche noch gar nicht feststeht.*

*Auf dem Hof des Polizeihauptquartiers warten fünf schwarze Kleinbusse der Luxusklasse. Sie sind hintereinander aufgereiht. Hektik bricht aus. Etwa dreißig Polizisten in schwarzen Anzügen der Spezialeinheit laufen über den Hof und steigen in die Wagen ein. Schiebetüren schließen automatisch. Zwei Leute öffnen das Tor zur Straße. Der Konvoi setzt sich in Bewegung. Eine Drohne begleitet den Einsatz von oben und sendet Bilder der Aktion in die Polizeizentrale. Dort sitzt die Polizeipräsidentin selbst und gibt Anweisungen über Funk.*

*Wenig später trifft die Kolonne auf dem Parkplatz der Sweet-Werke ein. Die Fahrzeuge sind noch nicht ganz zum Stehen gekommen, als die Polizisten bereits aus den Wagen springen. Sie laufen auf das Hauptgebäude zu. Fast rennen sie ein paar verschreckte Besucher und Mitarbeiter, die ihnen ausweichen und in die Lücken zwischen den parkenden Autos flüchten, über den Haufen. Nach einer kurzen Anweisung an das Personal am Eingang geht die Zugangsschranke auf. Dreißig Leute der Spezialeinheit strömen zu den Treppen. Ein Polizist bezieht Stellung vor den Fahrstühlen und kontrolliert die Leute, die herauskommen.*

*Die Polizisten verteilen sich auf das ganze Gebäude, durchsuchen Akten und beschlagnahmen Computer. Sie gelangen zum Büro von Professor Sweet. Sein Bodyguard wartet vor der Tür. Schnell erfasst er die Situation und schlüpft zu seinem Chef ins Zimmer, um ihn vorzuwarnen. Kurz darauf steht der Einsatzleiter vor einem überraschten Professor Sweet.*

*»Was soll das?«, stammelt Sweet und drückt eine Taste auf seiner Telefonsprechanlage: »Anton, bitte stellen Sie mir eine Verbindung zur Polizeipräsidentin her.«*

*»Das wird nicht nötig sein«, klärt ihn der Einsatzleiter auf, »wir haben einen Durchsuchungsbefehl. Professor Sweet, wir müssen uns über Ihren Sohn unterhalten. Wann hatten Sie zuletzt Kontakt zu ihm?«*

# 18. Kapitel

Die beiden Polizistinnen haben ihre Spurensuche vorerst abgeschlossen und das Haus verlassen. Daniela und die Kids sind von ihrem Ponyhofbesuch zurück. Nach einem ausführlichen Palaver über die Geschehnisse am Nachmittag ziehen sich alle auf ihre Zimmer zurück. Daniela beantwortet E-Mails, die Mädchen spielen mit ihren Tablets. Eigentlich wäre ich heute mit Kochen dran, aber das wird nichts. Ich rufe auf meinem Smartphone die App eines Pizzalieferdienstes auf und ordere reichlich Pizzen und Salat. Vielleicht kommt noch Eidostelos vorbei, und der hat immer sehr viel Hunger. Manchmal glaube ich, sein Wachstum ist mit Mitte zwanzig immer noch nicht abgeschlossen.

Am liebsten würde ich jetzt noch eine Runde Fortnite zocken, auch, um euch mal wieder eine Dosis der »richtigen« und »echten« Action bieten zu können, haha. Tatsächlich habe ich meinen YouTube-Kanal vernachlässigt. Ein richtiges Video zu produzieren, dazu fehlt mir jetzt echt die Zeit, aber ich könnte einen Stream anbieten. Ich fahre meinen Computer hoch, aber dann überlege ich es mir doch anders.

Spielen lässt die momentane Situation nicht zu. Brandstiftung und eine Mumie in meiner unmittelbaren Nachbarschaft – zusätzlich zu den Trollen … Das ist zu krass. Vielleicht sollte ich etwas zur Aufklärung beitragen und mir die abgebrannte Gartenhütte ansehen? Vielleicht gibt es da draußen etwas Neues. Ich ziehe meine Jacke an und sage Daniela Bescheid, dass ich, bevor die Pizza kommt, eine halbe Stunde mit den Hunden rausgehe.

Vor der Tür nehme ich die beiden Racker an die Leine und laufe die Straße hinunter. Es ist nicht schwer, zu erraten, wo sich der Tatort befindet. Ein paar Häuser weiter stehen Polizeiautos vor der Tür. Der ganze Bereich ist abgesperrt. Wie im Fernsehkrimi flattern rot-weiße Plastikbänder mit der Aufschrift »Polizei« vor dem Eingang. Einige Nachbarn stehen davor und beobachten, wie im hinteren Teil des Grundstücks die Mitarbeiter der Spurensicherung in weißen Arbeitsanzügen mit Kapuze, Mundschutz und Handschuhen ihrer Arbeit nachgehen.

Auf das Garagentor hat jemand mit Graffiti-Farbe ein Gesicht mit wilden, roten Haaren und einer großen Nase gesprüht. Ähnlichkeit mit einem Troll aus Shabby Sands – rein zufällig … Nein, an Zufälle glaube ich schon lange nicht mehr. Ich erkenne die Nachbarin, die in dem Haus mit der abgebrannten Gartenhütte wohnt. Sie steht inmitten einer Traube von Menschen. Ich stelle mich hinzu. Niemand nimmt von mir Notiz, was mir nur recht ist.

»Es gab einen Hinweis aus der Bevölkerung. Ja, wirklich«, die Nachbarin nickt, »sie haben alle Computer der Sweet-Werke beschlagnahmt.«

»Aber das ist doch Quatsch!«, sagt ein anderer Nachbar. »Eine Gartenhütte abfackeln, um ein Kapitalverbrechen zu vertuschen, und sein eigenes Logo am Garagentor hinterlassen? Das ist doch wie ein Bekennerschreiben. Viel zu auffällig. Nein, da versucht jemand, dieser Sweet-Familie einen Mord unterzuschieben.«

»Ob es Mord war, ist doch noch gar nicht klar«, gibt die betroffene Nachbarin zu bedenken.

Ein junger Mann in Kapuzenpullover und In-Ear-Kopfhörern läuft vorbei. In der Hand hält er eine Hundeleine, und irgendwo hopst ein kleiner Terrier herum, der wohl zu ihm gehören muss. Meine Hunde ziehen an der Leine und wollen mit dem Wadenbeißer spielen.

»Geht es immer noch um die Gartenlaube?«, fragt er. »Mein Handy hat mir gerade eine Eilmeldung angezeigt. Jonathan Sweet ist vollständig entlastet. Die Polizei hat nichts bei ihm gefunden. Weder in seiner Firma noch in seiner Villa. Die Polizei tappt absolut im Dunklen.«

# 19. Kapitel

*Tuto sitzt mit der Familie in der Küche. Mit der erweiterten Familie, denn Eidostelos, Ginger und Heidi sind vorbeigekommen. Den Samstagabend verbringen sie ab und zu gemeinsam. Wie gut, dass Tuto so viel Pizza bestellt hat. Als ob er es gewusst hätte.*

*Heute bringt Daniela die Mädchen ins Bett. Tuto ist nachdenklich und still. So haben ihn seine Freunde selten erlebt, eigentlich noch nie. »Ich sehe unsere Mission als gescheitert an«, sagt er, »ich habe keine Ideen mehr. Wenn man Professor Sweet seine Untaten nicht nachweisen kann, dann müssen wir wohl kapitulieren.«*

*»Wir sollten nicht so schnell aufgeben«, wendet Heidi ein. »Denk an Punkt 3 unseres Masterplans. Wir müssen uns mit Epic Games zusammenschließen. Die betrifft es schließlich auch.«*

*»Aber wie sollen wir an die rankommen? Wir sind nicht mal bei Professor Sweet vorgelassen worden«, gibt Eidostelos zu bedenken. »Wir haben nichts in der Hand – außer vielen Ungereimtheiten und Vermutungen. Wenn wir bei der Kriminalpolizei wären oder beim Geheimdienst, dann müssten die uns empfangen, aber so? Wir fliegen zehn Stunden dorthin und scheitern wieder an Rezeptionistinnen und Security-Männern.«*

*»Muss nicht sein«, widerspricht Heidi. »Vergiss nicht, verglichen mit dem Sweet-Imperium ist Epic wie ein Start-up.*

*Die haben vielleicht keine so großen Hürden hochgezogen. Außerdem ist Tuto ein Profi-Fortnite-Spieler. Das gilt doch was in der Epic-Welt. Zumindest mehr als bei den Sweet-Werken. Hinzu kommt, dass sie in diesem verschlafenen Kaff mit dem Namen Cary in North Carolina hocken. Der Ort ist kleiner als Leverkusen, aber ohne eine richtige Großstadt wie Köln in der Nähe, nur dieses Raleigh. Das ist die Hauptstadt von North Carolina. Da leben keine 500 000 Leute – und ein Drittel von denen arbeitet für Epic Games. Wir setzen uns dort in ein Pub, spielen ein bisschen Billard mit den Einheimischen, und irgendjemand wird schon was gehört haben. Oder kennt jemanden, der jemanden kennt. So pirschen wir uns an die ran.«*

*Tutos Stimmung hellt sich auf. Er liebt Reisen. Nun klingt Cary in North Carolina nicht wirklich nach Abenteuer, aber was nicht ist, kann ja noch werden.*

*Ausnahmsweise meldet sich Ginger zu Wort, der heute Abend noch nicht viel gesagt hat: »Wir dürfen nicht vergessen, dass die Leute, die für Epic arbeiten, nichts anderes tun als das. Die hängen nicht in irgendwelchen Pubs rum. Die basteln zehn Stunden am Tag an irgendwelchen Skins, Gleitern und Äxten herum, und das sieben Tage pro Woche. Danach fahren sie nach Hause und machen sich ihr Fertiggericht in der Mikrowelle warm. Da läuft nicht mehr viel.«*

*»Wisst ihr was?« Tuto denkt kurz nach. »Ich frage einfach mal meinen Ansprechpartner bei Google. Ich hab gehört, die veranstalten Trips zum Headquarter von Epic Games für YouTuber. Da kann ich mich vielleicht einklinken.«*

*Er holt sein Handy aus der Tasche und schreibt eine Text-Nachricht an Peter, seinen Partnerprogramm-Betreuer bei YouTube. Peter ist ein Nachtmensch. Das weiß Tuto, aber so spät will er ihn trotzdem nicht mehr anrufen. Tuto brennt für die Idee und hofft insgeheim, dass sich Peter gleich telefonisch zurückmeldet und sie ihre Reisepläne weiter vorantreiben können.*

*Peter ist eine ganz interessante Figur in dem ganzen New-Media-Zirkus. Vor Urzeiten war er auch YouTuber, sogar eine ziemlich große Nummer. Den Minecraft-Fans unter euch ist er vielleicht noch bekannt. Könnt ihr euch noch an »Guggimaker« erinnern? Dahinter steckt Peter. Er ist einer der ersten YouTuber, die dem Druck nicht standgehalten haben. Mit Minecraft auf YouTube bis morgens um 4 Uhr, dann kurz geschlafen und ab 8 Uhr schon wieder in den sozialen Medien unterwegs, Kommentare prüfen, Fragen beantworten. Seine Community hat ihn dafür geliebt. Er hat seiner Fangemeinde wirklich alles gegeben, was ging. Jedem und jeder Einzelnen. Peter fehlte ein bisschen diese Ist-mir-jetzt-alles-egal-ich-bin-jetzt-offline-Mentalität. Dazu ist Peter zu gewissenhaft. Irgendwann ging gar nichts mehr. Völliges Burnout.*

*Peter hatte Glück. YouTube hat ihn nicht fallengelassen und setzt ihn nun als YouTuber-Betreuer ein. Er hilft dabei, Mädels und Jungs wie Tuto bei Laune zu halten. Denn ihr Erfolg ist auch YouTubes Erfolg – ist auch Googles Erfolg. Ganz schön clever, oder? Peter ist genau der Richtige für diesen Job. Mit der Begeisterung, die er vorher für seinen eigenen Kanal mitbrachte, pusht er jetzt nachfolgende YouTuber-Generationen.*

*Tutos Smartphone klingelt prompt. Es ist Peter. »Hey, Tuto, alles gucci bei dir? Das sind ja tolle Nachrichten, ey, Alter, na klar schaffen wir das. Gar kein Problem. Pass auf, ich mach euch vier Flugtickets klar, eins geht aufs Haus. Die anderen drei sind Vorzugstickets, die kosten einen klitzekleinen Betrag. Den muss ich dir leider von deinem YouTube-Konto abziehen. Kein Problem, oder? No worries. Wir sind in gutem Kontakt mit Epic. Ihr boardet morgen früh in Köln / Bonn und fliegt nach London. Von dort geht es direkt zum Raleigh-Durham International Airport. Das ist ein ganz kleiner Flughafen mit nur drei Landebahnen. Ich war auch schon dort. Da wartet eine Stretch-Limo auf euch, so 'ne selbstfahrende Karre, du weißt schon, ohne Fahrer, und die bringt euch direkt ins HQ, ins Headquarter. Dort fragt ihr nach Mike. Sag ihm schönen Gruß von mir. Mike bringt euch direkt zu Molly. Das ist die rechte und die linke Hand von Tim Sweeney, dem Chef von Epic Games. Noch Fragen?«*

*Tuto hat oft das Gefühl, dass sein Ohr blutet, wenn er mit Peter redet. Peter quatscht, als gäbe es kein Morgen. Daher versucht Tuto, die Gespräche möglichst kurz zu halten. Aber aus einer Hochstimmung heraus lässt er sich zu einem kleinen Scherz hinreißen. »Äh, ja, eine Frage noch«, näselt er, »bekomme ich im Flugzeug auch veganes Jain-Essen? Nur Obst und Gemüse, das nicht unter der Erde wächst?«*

*Kurzes Schweigen, dann lacht Peter schallend. Tuto muss das Handy vom Ohr nehmen, um keinen Hörschaden zu bekommen. Alle Anwesenden grinsen. »Ey, jetzt haste mich aber voll gefoppt, nee, echt, das hätte ich jetzt fast ernst genommen.« Bla, bla, bla. So geht es noch eine Weile hin und her. Das ist Peter. Er ist nicht zu bändigen.*

## 20. Kapitel

*»Anton, bitte holen Sie meinen Sohn in die Leitung!« Professor Sweet ist völlig genervt. Die Polizei im Haus! Äußerst peinlich. Das gab es noch nie – und sollte es nie gegeben haben. Was werden die Zeitungen schreiben? Und erst die Online-Medien der Branche? Die warten doch nur auf einen Fauxpas, einen Fehltritt!*

*Schließlich ist Professor Sweet ein unbescholtener Bürger und Wohltäter der Stadt. Wie viele Schulen, Krankenhäuser und Museen hat er nicht bereits mit seinem Geld zugeschüttet? Undankbares Pack. Andere kaufen Panama-Papers oder bringen ihr Geld sonst wie ins Ausland und vor dem Finanzamt in Sicherheit. Er hingegen immer der brave Steuerzahler. Nichts hatte er sich zuschulden kommen lassen, aber auch gar nichts. Dafür konnte er wirklich etwas mehr Respekt erwarten. Nun aber diese Razzia. Als wäre er ein gewöhnlicher Verbrecher. Natürlich haben sie nichts gefunden. Wie auch. Er ist doch irgendwie, ein Stück weit, komplett unschuldig.*

*Aber wie konnte es nur dazu kommen? Sein YouTuberlein, der Tuto, hat ausgepackt? Den kennt er doch fast gar nicht. Sweet-Trolle in seinem YouTuber-Haus? Probleme mit der Probekatze? Eine abgebrannte Gartenlaube und eine Mumie? Was hatte ER mit alldem zu tun? Wollten sie ihn bei dem nächsten umgefallenen Mehlsack in Apulien auch zur Rechenschaft ziehen?*

*»Anton!«, herrscht er seinen Assistenten noch einmal über die Gegensprechanlage an.*

*»Tut mir leid, Professor, es meldet sich niemand auf der Festnetznummer. Vielleicht schläft er noch. Es ist jetzt (Anton rechnet nach) … 14 Uhr an der Ostküste der Vereinigten Staaten von Amerika.«*

*»Machen Sie sich nicht lächerlich, mein Lieber. Um 14 Uhr hat mein vornehmer Herr Sohn schon mehr erledigt als Sie in einer ganzen Arbeitswoche. Dann versuche ich es selbst auf dem Mobiltelefon. Sie können jetzt Schluss machen. Ich brauche Sie nicht mehr, danke!«*

*Professor Sweet hat es kaum glauben können, als ihm seine Informanten zutrugen, man habe seinen Sohn, der nun schon seit Jahren nicht mehr in der Stadt war, hier in der Nähe gesichtet. Wie kann es sein, dass Michael in Deutschland ist und sich nicht bei ihm meldet? Sie haben sich doch ausgesöhnt, dachte der Professor zumindest. Dieses lächerliche, kleine Zerwürfnis, als Michael die Führung der Sweet-Werke ganz für sich beanspruchte und von ihm forderte, er solle sich vom Vorsitz seiner eigenen Firma zurückziehen. Das ist doch schon ewig her. Vergeben und vergessen. Zumindest von seiner Seite. Altersmilde, wie er ist. Aber wie die Jugend tickt, das ist ihm völlig unverständlich. Wie nachtragend kann Michael sein? Nach all dem, was er für ihn getan hat?*

*Professor Sweets Blick fällt auf seinen Briefbeschwerer, dem mit dem Firmenmaskottchen der Sweet-Werke, dem Troll. Dieser Troll war immer Michaels Lieblingsheld. Ein Grund, warum Sweet ihn in sein Logo integriert hatte. Nun scheint er nur noch Unglück über ihn und sein Unternehmen zu bringen. Kurzerhand nimmt der Professor den Briefbeschwerer und schmeißt ihn in die Vitrine mit seinen vielen Auszeich-*

*nungen und Trophäen. Wer nun splitterndes Glas erwartet, wird enttäuscht. Der Troll prallt ab und fällt zu Boden. Sweet seufzt. Nicht mal das gelingt ihm noch. Die Luft ist bei ihm raus. Kraftlos nimmt er ein altes Diktiergerät und drückt auf den Aufnahmeknopf: »Anton, bitte erinnern Sie mich daran, dass ich ein neues Logo in Auftrag geben muss. Der Troll muss weg. Nicht mehr zeitgemäß. Ich denke mehr an etwas wie … (Sweet überlegt) … an etwas Erhabeneres, vielleicht einen Adler, ja, das ist gut, ein Adler. Oder nein, ach, lassen Sie unsere Werbeagentur ein paar Vorschläge machen.«*

*Professor Sweet schaltet das Gerät ab. Müde vergräbt er das Gesicht in den Händen. Insgeheim ist er sehr stolz auf seinen Sohn. Wer hat schon den Schneid, ein warmes Nest in Vaters Unternehmen und ein beträchtliches Vermögen gegen eine ungewisse Zukunft in einem fremden Land einzutauschen? Das muss er Michael lassen. Er hat Mut, er ist unabhängig, er hat Ideen, Überzeugungen. Aber ach, er ist auch furchtbar nachtragend. Nicht auszudenken, wozu Michael fähig ist, um sich an seinem zugegeben manchmal autoritären, ja, zugegeben auch manchmal verletzenden Vater zu rächen!*

# 21. Kapitel

Wir sind gerade im Flughafengebäude von Raleigh angekommen und warten am Gepäckband auf unsere Koffer, als mein Telefon klingelt. Ein Anruf mit einer mir unbekannten Nummer und deutscher Vorwahl: »Hallo, hier spricht Polizeioberwachtmeisterin Bärbel Dimpfelhuber. Sie erinnern sich, ich war gestern mit meiner Kollegin bei Ihnen.« Ja, natürlich erinnere ich mich. »Entschuldigen Sie bitte die Störung am Wochenende. Wir haben Ihren Computer ausgewertet, aber nichts finden können, was uns weiterhelfen könnte. Ist Ihnen denn noch irgendetwas eingefallen?« Nein, mir ist nichts eingefallen. Sonst hätte ich mich gemeldet. Ich habe ja eine Visitenkarte mit Dimpfelhubers Telefonnummer.

Aus der Lautsprecheranlage des Airports ertönt eine Stimme. Auf Englisch weist sie uns darauf hin, dass wir unser Gepäck nie unbeaufsichtigt lassen sollen. Vorsichtshalber halte ich die Hand über das Handymikro. Besser, die Polizistin erfährt nicht, dass ich jetzt im Ausland bin. Aber nachdem Professor Sweet anscheinend nicht mehr zu den Verdächtigen zählt, würde ich zu gern wissen, wie es nun weitergeht.

»Das darf ich Ihnen leider nicht sagen«, erklärt die Polizeioberwachtmeisterin, »aber Sie haben recht. Der Professor und seine Firma sind sauber. Das haben wir überprüft. Außerdem wissen wir nun, dass der mumifizierte

Körper und die Brandstiftung an der Gartenlaube in keinem Zusammenhang stehen. Von daher Entwarnung. In der Pathologie haben sie die Mumie untersucht und herausgefunden, dass sie schon seit fast hundert Jahren in dem Baum hing. Ein Phänomen, dass der Körper so gut erhalten ist. Die Pathologen gehen davon aus, dass jemand zur Konservierung eine Chemikalie in die Venen der Leiche injiziert hat: Glycerin, Formaldehyd angereichert mit Zinksulfat und Chloriden, dazu eine Alkohollösung mit Salicylsäure.«

Mit Chemie habe ich es nicht so, aber der Fall befremdet sogar mich. »Wer macht denn so was? Einen Toten konservieren und dann in einen Baum setzen, so dass er erst hundert Jahre später gefunden wird? Um einen Mord zu vertuschen oder wozu?«

»Das ist noch nicht ganz klar. Ich glaube aber, dieses Konservieren gab es früher öfter, als man denkt. Vielleicht war das religiös motiviert. Jemand glaubte an ein Leben nach dem Tod und wollte den eigenen Körper so unversehrt wie möglich erhalten. Oder es ist die Angst vor dem Verfall, Angst, in einem Sarg eingeschlossen unter der Erde zu liegen. Manche Menschen sind so. Mir fallen tausend Gründe ein.«

»Das ist alles wahnsinnig interessant und faszinierend«, schwindele ich, denn ehrlich gesagt habe ich jetzt gar keine Lust auf das Thema. Aber es ist nie verkehrt, etwas gut Wetter bei den Behörden zu machen. »Ich schlage vor, wir halten uns gegenseitig auf dem Laufenden. Ich muss dann jetzt auch«, versuche ich sie loszuwerden, was sie zum Glück auch gleich schnallt.

»Haben Sie einen schönen Tag, Herr Santos Silva.«

Puh! Ich sehe zu, wie die anderen die Koffer vom Gepäckband wuchten. Wieder alles auf Anfang.

Vor dem Flughafengebäude wartet tatsächlich eine schwarze Stretch-Limo auf uns. Wie es Peter gesagt hat. Auf meinen Partnerprogrammer ist Verlass.

»Wow!« Ginger ist begeistert. Ich bin es auch.

Routiniert öffnet Eidostelos die Tür. »Ich bin mal in Japan mit so 'nem Teil gefahren. Wahnsinns-Spritverbrauch. Total absurd, dass man mit so einem langen Auto überhaupt um die Ecken kommt. Parkplätze sind auch so ein Thema. Aber hier in Raleigh ist bestimmt genug Platz. Ladies first!« Er winkt Heidi zu, die als Erste einsteigt.

»Hello, very pleased to meet you«, begrüßt uns eine Computerstimme. Das ist total unwirklich – eine Stretch-Limo, die ohne Fahrer funktioniert und sprechen kann.

»Alex! Stop!«, sagt Heidi streng zu dem Fahrzeug und grinst uns zu. »Man kann es ja mal versuchen.« Dann redet sie wieder mit dem Wagen: »Wir sprechen Deutsch, und wir wollen ins Hauptquartier von Epic Games nach Cary.«

»Epic Games Hauptquartier, wie Sie wünschen, Ma'am«, antwortet die Limo auf Deutsch. »Allerdings heiße ich nicht Alex. Mein Name ist Lottie. Darf ich fragen, ob Sie einen Ansprechpartner oder eine Ansprechpartnerin bei Epic haben? Wie heißt die Person, die Sie dort erwartet?«

»Äh, gute Frage, was hat Peter gesagt, wie heißt der Typ?«, gibt Heidi die Frage an mich weiter.

Ich bin der Letzte, der einsteigt. Die Schiebetür geht automatisch zu. »Mike ist unser Ansprechpartner – wenn ich mich richtig erinnere.«

»Ich werde Mike Bescheid geben, dass er Sie in einer halben Stunde vom Empfang abholen kann«, bestätigt Lottie.

Ich komme mir vor wie in einem »Star Wars«-Raumschiff. Die Beleuchtung ist neonblau, an der dunklen Decke funkeln kleine Sternchen. Rechts und links unterhalb von den abgedunkelten Fenstern, auf denen ein Nachthimmel glimmt – wahrscheinlich eine Projektion –, befinden sich zwei Sofas mit Kissen, die sich gegenüberstehen. Auf denen haben Eidostelos und Ginger Platz genommen. Im Heck des Wagens befindet sich ein weiteres Sofa, das einzige in Fahrtrichtung. Dort hat Heidi es sich gemütlich gemacht.

»Die Mini-Bar ist hinten links. Bitte bedienen Sie sich. Wir halten eine große Auswahl an alkoholischen und nichtalkoholischen Getränken für Sie bereit«, erklärt Lottie, die Computerstimme. »Haben Sie einen Musikwunsch?«

»Die Fortnite-Musik, bitte«, schlage ich vor und denke: Das wird sowieso nichts, das ist viel zu speziell. Aber sogleich ertönt die Fortnite-Titelmusik. Ich setze mich nach hinten auf das Sofa neben Heidi. Immer schön den Überblick behalten.

Lottie setzt sich in Bewegung. Komisch fühlt sich das an. Nicht als ob sie wirklich fahren, vielmehr als ob sie langsam mehrere Meter in die Tiefe sacken würde. Wie im Traum. Die Fensterscheiben sind nun nicht mehr schwarz abgedunkelt, sondern geben den Blick auf dichte Wolken frei. Mir wird etwas schwindelig. Kein Zweifel. Das ist keine Stretch-Limousine mehr, das ist ein Schlachtenbus.

»F***!«, flucht Eidostelos. »Was ist DAS jetzt???«

Panisch schaut Ginger sich um und tastet die Fenster ab. Heidi ist wie versteinert. Ich versuche, die hintere Wagentür zu öffnen und rüttele am Griff, aber sie ist fest verschlossen.

»Lottie, stop! Sofort anhalten!«, rufe ich dem Auto zu.

»Es passiert nichts Schlimmes. Entspannt euch und genießt die Fahrt«, versucht Lottie uns zu beruhigen. Sie ist vom Sie zum Du gewechselt. Das verheißt nichts Gutes. Wir sind keine Kunden mehr, wir sind nun Kumpels, so scheint es.

Wir sehen uns gegenseitig an. Raus kommen wir hier nicht mehr. So viel ist klar. Eidostelos ist der Erste, der sich in sein Schicksal fügt. Er zuckt mit den Achseln und lehnt sich wieder in die Kissen. Ginger hingegen rollt nervös mit den Augen und presst die Lippen aufeinander. Heidi krallt sich am Sofa fest. Ich schaue aus dem Fenster, oder was ist das? Ein Bildschirm, auf dem ein Film abgespult wird? Das ist nicht so ganz klar.

Es fühlt sich immer noch an, als würden wir in die Tiefe schweben. Die Wolkendecke wird langsam dünner und gibt den Blick frei auf eine grüne Hügellandschaft unter uns. Es klingt verrückt, aber die erinnert sehr stark an die Fortnite-Karte. Der Himmel am Horizont leuchtet lila und rosa und rot. Es besteht kein Zweifel. Das ist die altbekannte Fortnite-Optik. Wir sind mitten drin in der Fortnite-Welt. Schemenhaft kann ich die einzelnen Orte erkennen. Wir fliegen langsam über eine Stadt, die wie Salty Springs aussieht.

Anders als sonst sind wir völlig ohnmächtig. So ganz ohne Controller oder Tastatur können wir keinerlei Entscheidungen treffen, wo wir landen, welche Skins wir tragen wollen. Eins nur ist sicher: Es gibt kein Entrinnen. Wir sind allein dem Willen dieser Limousine ausgeliefert, oder der Person, die das alles für uns inszeniert. Unsere Nasen kleben an den Autoscheiben. Mit einem großen »Ah« und »Oh« und einem leichten Ruck setzen wir inmitten von Hügeln auf einer Straße auf. Ich bin erleichtert. Endlich wieder Boden unter den Rädern. Das fühlt sich gleich sicherer an. Das Auto geht sofort in einen eleganten, geräuschlosen Fahrmodus über. Anscheinend nehmen wir Kurs auf Pleasant Park.

Heidi dreht den Kopf und schaut aus dem hinteren Fenster. »Seht mal dort, der Wagen«, ruft sie.

Tatsächlich. Hinter uns fährt ein riesiger Geländewagen, ein Pick-up mit Ladefläche. Oben auf dem Dach sind Blinklichter angebracht, wie man sie von amerikanischen Polizeiautos kennt. Eine Sirene jault laut auf. Hinter dem Steuer sitzt – das werdet ihr mir jetzt nicht glauben, oder? – ein Troll. Oder nicht ein Troll, dazu ist das Lenkrad viel zu groß, sondern viele Trolle. Das Fahrerhaus ist voller Trolle. Sie sitzen überall – auf der Innenverkleidung, hinter der Scheibe, auf den Kopfstützen. Einige hängen vom Innenspiegel herunter. Die ganze Ladefläche ist mit einem Heer von Trollen besetzt.

»Die verfolgen uns!«, stelle ich nüchtern fest. »Darauf habe ich überhaupt keinen Bock. Lottie, Höchstgeschwindigkeit, bitte, und an der nächsten Gelegenheit scharf rechts abbiegen«, befehle ich unserer virtuellen Limo-Fahrerin.

Der Wagen nimmt Speed auf. »Schnallt euch an!«, rufe ich den anderen zu. Die Reifen quietschen. Wir sausen die Hügel hoch und wieder hinunter. Beim Hinunterrasen befinden wir uns für wenige Sekunden in der Luft. Im freien Fall. Mir wird schlecht. Auch Eidostelos ist ganz grün im Gesicht. Ich drehe mich um und starre aus dem Heckfenster. Für einen Moment glaube ich, wir hätten die Trolle schon abgehängt, aber nein, sie sind noch da, obwohl sich der Abstand schon stark vergrößert hat.

Ich staune, wie schnell und wendig so eine Limousine

fahren kann. Wir erreichen Pleasant Park, und bei der ersten Möglichkeit biegt der Wagen mit quietschenden Reifen rechts um die Ecke. Wie ich es befohlen hatte. Wir fahren einen Berg hinauf. Wenn wir jetzt im Gewirr der Straßen verschwinden, könnten wir den Trollen vielleicht entkommen. »Lottie, nächste links.« Die Limo biegt mit einer Wahnsinnsgeschwindigkeit in die nächste Straße links ein. Wir sehen gebannt durch das Heckfenster. Die Trolle kommen nicht weiter, weil sie eine Hundertschaft an Hamsterbällen, die entgegenkommen und ihnen den Weg abschneiden, vorbeilassen müssen. Die Trolle warten. Sie sind wütend und toben in ihrem Fahrerhäuschen, kleben an der Frontscheibe und ballen ihre Hände zu Fäusten.

»Lottie, nach links!« Wir biegen in einem Affentempo nach links. Die Straße führt bergab. Vor uns tuckert ein Golfwagen in gemächlichem Tempo. Mit einem halsbrecherischen Überholmanöver zieht die Limo daran vorbei, schneidet das überholte Fahrzeug und schert gerade noch rechtzeitig vor ihm ein. Mit knapper Not schraddeln wir an einem Motorrad vorbei, das uns entgegenkommt. Die Trolle sind uns immer noch auf den Fersen, aber sie kleben hinter dem Golfwagen und können ihn nicht überholen, weil er nun in der Mitte der Fahrbahn fährt. Mit lautem Hupen und dichtem Auffahren versuchen die Trolle den Golfwagen auf die Seite zu drängen. »Lottie, nächste rechts.« Die Limo nimmt den Befehl allzu wörtlich und legt eine Vollbremsung ein, um in die nächste Straße rechts einzubiegen. Das Heck schlägt dabei aus und kachelt gegen ein parkendes Auto. Blech schlägt scheppernd aufeinander. Lottie setzt zurück und zermalmt mit ihrer Panzerverkleidung einen anderen parkenden Wagen.

»Hey!« Ein Blackheart-Skin rennt aus einem der Häuser auf uns zu. »Was macht ihr mit meinem Auto?« – könnte er gerufen haben. Ich weiß es nicht. Ich kann ihn durch die dicken Panzerscheiben nicht hören. Er trägt ein Repetier-Scharfschützengewehr und schießt auf uns. Wir ducken uns instinktiv. Die Schüsse prallen an den Scheiben ab.

»Lottie, Höchstgeschwindigkeit, bitte!« Die Reifen drehen durch. Mit einem knirschenden Geräusch befreit sich die Limo aus dem Griff des parkenden Autos, in das sie sich verkeilt hatte. Sie fährt los und biegt in die nächste Straße scharf rechts ein. Wie gut, dass wir angeschnallt sind. Sonst würden wir in diesem Wagen hin- und hergeschleudert werden. Die Straße macht eine Kurve und wird sehr eng. Wir erwischen eine Leitplanke. Funken fliegen. Ein hohes Geräusch schmerzt in unseren Ohren. Eine Radkappe löst sich vom Vorderrad und fliegt seitlich weg.

Die Trolle sind immer noch hinter uns. »Lottie, schnell umdrehen, in die gleiche Richtung zurück.« Die anderen schauen mich fragend an. Lottie bremst und gibt Gas zur gleichen Zeit, und der Wagen wirbelt einmal um die eigene Achse, bis er in die Fahrtrichtung zeigt, aus der wir gekommen sind. Die Trolle können so schnell nicht reagieren und sausen an uns vorbei. Sie bremsen scharf und rammen ein entgegenkommendes Fahrzeug. Blechschaden. Wir sind dann schon mal weg. Die Trolle wenden und jagen weiter hinter uns her. Aus dem gerammten Wagen steigen ein Loveranger, das ist doch dieser Skin, den Eidostelos so toll findet, und eine Plüschige Rabaukin aus. Sie betrachten den Schaden an ihrem Auto.

Ich schaue auf Lotties Tachometer. Wir rasen nun mit

75 Meilen pro Stunde, das sind etwa 120 Stundenkilometer, durch die Stadt. Vor uns hat sich ein kleiner Stau gebildet. Hinter uns die Trolle. Lottie hält nicht an, sondern zieht an der Schlange und den parkenden Autos vorbei auf den Gehweg. Eine Mannschaft in Fußballspieler-Skins, Männer und Frauen, springen zur Seite, um nicht von uns überfahren zu werden. Vor uns auf dem Gehweg tut sich eine Baustelle auf. Wir müssen ausweichen. Lottie nutzt eine viel zu kleine Parklücke, um wieder auf die Fahrbahn zu gelangen. Dabei rammt sie wieder ein paar parkende Autos. Fensterscheiben splittern, aber nicht unsere. Wir biegen auf eine vierspurige Schnellstraße ein. Ein LKW muss unseretwegen scharf bremsen und hupt. Lottie gibt Gas, um einer Kollision zu entgehen und verliert kurzzeitig die Kontrolle.

Wir durchbrechen eine Leitplanke. Es geht abwärts einen Hügel hinunter, und mit viel Glück flutschen wir durch eine Reihe von Bäumen durch, die im Weg stehen. Am Fuß des Hügels geht es wieder auf einer Straße weiter. Der Wagen der Trolle hinter uns schießt über das Ziel hinaus und überschlägt sich einmal, landet aber einfach auf seinen Rädern. Ungläubig sehen wir, wie sie die Verfolgung wieder aufnehmen.

Der Weg führt uns hinaus aus der Stadt. Wir rasen geradeaus auf einer Landstraße in Richtung Shabby Sands und überholen zwei Motorräder. Hinter uns taucht das Troll-Fahrzeug wieder auf. Wie schnell sie sind. Sie kleben fast an unserer Stoßstange. Es geht um eine Kurve. Ein Motorrad kommt uns entgegen.

Der Platz wird zu eng. Lottie bremst scharf und weicht kunstvoll aus. Ich kippe im Auto nach vorn und wieder zurück ins Sofa. So muss sich ein Crash-Test-Dummie fühlen.

Das sind diese Puppen, die statt richtiger Menschen bei Sicherheitstests im Auto sitzen.

»Ich will aussteigen«, jammert Eidostelos und greift nach einer Tüte, um sich zu übergeben.

»Keine Sorge«, versucht uns Lottie zu beruhigen, »wir sind gleich da.«

Die Trolle sind ganz nah hinter uns. Dass die den Überschlag so unbeschadet überstanden haben, grenzt an ein Wunder. Selbst hinten auf der Ladefläche sind noch alle an Bord. Der Pick-up macht Anstalten, uns zu überholen.

Sicher wollen sie uns ausbremsen. Einer kurbelt das Seitenfenster hinunter. Sehe ich das richtig? – Sie beschießen uns mit ihren Feuerbällen, peng, und treffen Lotties Heck. Eine Explosion erschüttert die Limo, und Lottie verliert kurzzeitig die Kontrolle über ihren Kurs, schlingert hin und her.

»Lottie, du musst sie rammen«, rufe ich dem Wagen zu. Lottie verringert unmerklich das Tempo, lässt den Troll-Wagen auf gleiche Höhe aufschließen. Mit Grauen sehe ich, wie sie ihren nächsten Feuerball bereitlegen. Einige Trolle geben uns Handzeichen, damit wir anhalten. Plötzlich schert

Lottie zur Seite aus und erwischt das andere Fahrzeug. Es kommt zu einem harten Zusammenstoß. Damit haben die Trolle nicht gerechnet. Einer ihrer Reifen ist platt. Sie beginnen zu schlingern, fliegen aus der Kurve. Der Wagen hebt ab, überschlägt sich mehrfach und rast geradewegs in eine Tankstelle, säbelt dabei einige Zapfsäulen um, überschlägt sich noch einmal und bleibt auf dem Dach liegen. Das Fahrzeug fängt sofort Feuer. Es folgen mehrere Explosionen. Alles geht ganz schnell. Eine riesige Stichflamme, und die gesamte Tankstelle verschwindet in einem Inferno, das die Trolle und ihren Wagen gierig verschlingt.

# 22. Kapitel

*Mission accomplished – Auftrag erfüllt. Ungerührt fährt Lottie weiter. Sie ist eben nur eine Limousine und hat keine Seele. Sie führt nur Befehle aus. Tuto und der Rest der Besatzung hingegen müssen diese Adrenalin-Fahrt erst mal verarbeiten.*

*»Leute, nie wieder, das war meine letzte Fahrt mit einer Limousine«, seufzt Eidostelos. Die Tüte mit dem Überbleibsel seines Mittagessens hält er immer noch in der Hand.*

*»Igitt, kannst du das mal wegschmeißen?«, fragt Heidi angeekelt.*

*Die Limousine hält vor einem schmucklosen, dreistöckigen Gebäude mit verglasten Fenstern. »Bitte schön, wir sind da. Dies ist das Headquarter des legendären Videogame-Entwicklers Epic Games in Cary, North Carolina«, spielt Lottie ihren Spruch ab. »Ich hoffe, Sie haben Ihre Fahrt genossen, und danke, dass Sie sich für unseren Limousinen-Service entschieden haben. Beehren Sie uns bald wieder.« Die Schiebetür geht auf. Immer noch etwas benommen steigen Tuto und seine drei Mitspieler aus dem Wagen.*

*»Marco Santos Silva?« Vor ihnen steht ein Mann, nicht viel älter als Tuto, mit einem Kapuzenpullover und In-Ear-Kopfhörern in den Ohren, der Tuto verdammt bekannt vorkommt. »Ich bin Michael – aber hier in den USA nennen mich alle Mike, das ist die englische Kurzform.« Der Mann spricht Deutsch.*

*An Tuto springt ein kleiner Terrier hoch. Das ist doch dieser Wadenbeißer, der gestern Abend beim Gassigehen mit seinen Hunden spielen wollte. Nun wird Tuto alles klar. Vor ihm steht der junge Typ, den er vor dem Haus mit der abgebrannten Gartenlaube getroffen hat. Das ist der, der davon zu berichten wusste, dass die Razzia in den Sweet-Werken nichts Verdächtiges zutage gefördert hatte. »Ich glaube, wir sind uns bereits begegnet?«, fragt Tuto.*

*»Ja, in der Tat, aber kommt doch erst mal an. Ich bringe euch zu Molly.«*

*Michael führt sie auf verschlungenen Wegen zur stellvertretenden Chefin von Epic. Es heißt ja, dass man beim Laufen besser denken kann als beispielsweise im Sitzen. Das ist genau das, was Tuto nun macht. Er ist verwirrt und seine Gedanken rotieren. Das sind etwas zu viele Zufälle auf einmal. Gestern noch dieser Typ bei ihm in der Straße, nun treffen sie schon wieder aufeinander – und zwar Tausende von Kilometern von der Heimat entfernt. Michael macht etwas Smalltalk, erzählt, dass er auch erst heute Morgen in Raleigh angekommen ist, dass er sich schon sehr auf das Treffen mit Tuto und seinem Team gefreut hat und dass er darauf brennt zu erfahren, wie es ihnen in den letzten Tagen ergangen ist.*

*Sie laufen vorbei an einer Rutsche, die vom ersten Stock ins Erdgeschoss führt. Es kommen ihnen einige Mitarbeiter auf Elektro-Rollern entgegen. Klar, hier werden lange Wege zurückgelegt, und die Zeit ist chronisch knapp. In den Pausenzonen stehen gemütliche Fatboys zum Sitzen und Kickertische. Auch gibt es ein kleines Basketballfeld, eine Tischtennisplatte und sogar einen Trampolin-Park. Für körperlichen Ausgleich ist gesorgt. Logisch – Personal, das wegen Rücken ausfällt, will man natürlich vermeiden. Aus einem Raum, der mit Rauchglas verkleidet ist, erklingt Yoga-Musik, und ein bisschen riecht es nach Duftkerzen.*

*Tuto schaut Michael von der Seite an – und grübelt. Er holt sein Smartphone aus der Hosentasche und scrollt durch seine Bildschirmfotos. Er schaut sich das Foto von Michael Sweet an, Professor Sweets Sohn. »Du bist Michael Sweet!«, sagt er ihm auf den Kopf zu.*

*Michael lächelt entspannt: »Das ist richtig. Du hattest bereits das Vergnügen, meinen Vater kennenzulernen? Hier entlang, bitte.« Michael weist auf eine offene Tür, die in ein sehr großes Büro führt. Hinter dem Schreibtisch sitzt eine Frau, die in etwa in Michaels Alter ist und nun auf sie zuläuft.*

*»Hallo, ich bin Molly. Schön, dass ihr alle gekommen seid. Bitte setzt euch doch«, sagt sie auf Deutsch mit einem amerikanischen Akzent, schüttelt jedem die Hand und führt sie zu einem Konferenztisch. Lautlos schwirren ein paar Assistenten in den Raum und bringen Getränke und Sandwiches.*

*»Wir müssen uns sehr bei euch entschuldigen. Ich weiß, die letzten Tage waren unheimlich aufregend«, beginnt Michael das Gespräch.*

*Molly fährt fort: »Ihr wisst vielleicht, dass wir Fortnite auf das nächste Level führen wollen. Unser Ziel ist es, das Spiel so zu gestalten, dass die Gamer zwischen Realität und Spiel nicht mehr unterscheiden können. Um unsere Ideen zu testen, brauchten wir ein Team exzellenter Videospieler, die aber nichts davon wissen durften, dass sie unsere Versuchskaninchen sind.«*

*Michael ergänzt: »Als mich mein Vater fragte, ob ich einen YouTuber kenne, der für ihn ein Video produzieren kann, habe ich meine Chance gewittert.«*

*»Wie bitte, verstehe ich das richtig, ihr habt euch Zutritt*

*zu meinem Haus verschafft und meinen Computer manipuliert???« Tuto ist entsetzt.*

*»Ja, genau, wir haben auch die Kamera in eurer Küche installiert und den Troll in Celinas Zimmer geschmuggelt«, gibt Michael freimütig zu. »Das mit der Gartenlaube waren wir aber nicht. Das waren ein paar Schüler, die sich dort zum Rauchen getroffen haben. Und die Geschichte mit der Mumie im Baum – das war natürlich purer Zufall.«*

*»Wir geben zu, dass einiges aus dem Ruder gelaufen ist, aber insgesamt sind wir mit der Wirkung unserer Trolle sehr zufrieden«, erklärt Molly. »Ich weiß, das war etwas viel für euch. Auch die Fahrt mit der Limousine. Das war Michaels Idee!« Sie lacht Michael zu, und er lächelt sie verschmitzt an.*

*»Wir möchten uns bedanken, dass ihr das alles so gut mitgemacht habt«, fährt Michael fort, »ihr habt uns sehr geholfen. Und als Entschädigung bekommt jeder von euch lebenslangen kostenfreien Zugang zu allen unseren Neuentwicklungen wie Skins, Waffen, Emotes und so weiter. Und bei den nächsten Fortnite-Weltmeisterschaften in New York laden wir euch als Kommentatoren ein – auf unsere Kosten, natürlich.«*

*»Na, ist das was?«, strahlt Molly. »Dann bitte hier unterschreiben.«*

*Unmerklich hat ein älterer Herr im Anzug den Raum betreten, der sich als Justiziar von Epic vorstellt. Er hält vier Mappen mit Vertragsunterlagen in der Hand. Die vier Freunde sind verblüfft, wissen nicht, ob sie sich freuen oder ärgern sollen.*

*Letztlich wollen sie keine Spielverderber sein und sind sogar ein bisschen stolz darauf, dass sie dieses Abenteuer unbeschadet überstanden haben. Eine Win-win-Situation für alle Beteiligten.*

# Nachklapp

Könnt ihr euch noch an Hollie erinnern? An die Katze, die mir dabei helfen sollte, die Vorzüge der neuen Katzenklappen-Tür von Professor Sweet in einem Video darzustellen? Sie galt als verschollen, ja. Aber dann, etwa zwei Monate nachdem das Geheimnis der Trolle von Shabby Sands gelüftet war, ist Hollie überraschend wiederaufgetaucht. Und nicht nur sie. Im Schlepptau hatte sie drei winzige Katzenbabys, ganz flauschig und verspielt.

Meine Mädchen waren superglücklich. Leider setzte bei mir sofort wieder die fiese Katzenallergie ein. Juckende Augen, triefende Nase. Trotzdem wollte natürlich die ganze Familie, dass wir die Kätzchen behalten. Ich habe ein großes Holzhaus für den Garten bauen lassen. Ein viel größeres als das, das die Schulkids aus Versehen in der Nachbarschaft abgefackelt haben. Dort lebt Hollie nun mit ihrer Bande, und meine Mädchen können sie jederzeit besuchen.

Außerdem habe ich dafür gesorgt, dass die Katzenklappen-Tür aus meiner Küche verschwindet. Professor Sweet wollte sie nicht zurückhaben. Wegen des Videos hat er sich nie mehr gemeldet. Ich glaube, dass die Tür ein Flop war und ganz schnell vom Markt verschwunden ist. Aber er hat mir ein schönes Ausfallhonorar gezahlt.

Am Ende war ich ganz froh, dass ich die Katzenklappen-Tür behalten habe. Die habe ich in Hollies Gartenhaus einsetzen lassen. Nun können sich die kleinen Räuber frei auf unserem Gelände bewegen. Aber ins Haus dürfen sie nicht. Das ist mein Revier – und das der Hunde.

Manchmal, wenn ich im Garten bin, treffe ich Hollie. Zwischen uns herrscht Abneigung wie am ersten Tag. Irgendwann fiel mir ein, woher ich meine Schrammen im Gesicht und an den Knien hatte. Nicht vom Fortnite-Spielen und dem Unfall mit dem Golfwagen. Natürlich nicht. Wie konnte ich das nur denken? Vom Fortnite-Spielen holt man sich bestenfalls Rückenschmerzen und vielleicht auch noch wunde Spielerhände. Nein, die Blessuren waren natürlich von Hollie. Als sie auf dem Kühlschrank in unserer Küche saß und mich von oben attackierte. Ich fiel über die Stühle und schlug mir die Knie auf. Wie konnte ich das vergessen?

Was die Katze betrifft: Sie hat sich kein bisschen verändert. Immer wenn sie mich sieht, faucht sie mich an. Ich mache einen großen Bogen um das Vieh. Wir sind einfach nicht füreinander geschaffen.